BERSERKR

LES VIKINGS DU STARLIGHT - TOME 3

SKYE MACKINNON

Traduction par
MANON ROUX-CAUKWELL , VALENTIN
TRANSLATION

Peryton Press

© **2024 Skye MacKinnon**

ISBN 978-1-917585-11-8

Titre original: Berserkr (Starlight Vikings 3)

Traduction par Manon Roux-Caukwell, Valentin Translation

Couverture par The Book Brander.

perytonpress.com

skyemackinnon.com

TABLE DES MATIÈRES

AVANT DE COMMENCER

Inscris-toi à la newsletter de Skye et tu recevras un livre gratuit en remerciement :
skyemackinnon.com/newsletter

Les Vikings du Starlight fait partie de *L'Agence de rencontres intergalactiques*, un projet écrit par plusieurs auteurs :
romancingthealien.com

LEXIQUE

Albya – planète des Albyens. Lisez la série **Les Highlanders du Starlight** pour en savoir plus sur ces aliens en kilt

Berserkir – pluriel de berserkr

Brullaup – mariage

Clic – minute (30 minutes terriennes correspondent à 20 clics intergalactiques)

Drengr - guerrier

Fýst – désir incontrôlable entre deux âmes sœurs

Goði – guide spirituel des Vikingar ; fonction non héréditaire désignée par les dieux

Hamingja – esprit protecteur qui détermine la chance et le bonheur d'un individu

Hrafnasueltir – lâche (tu affames les corbeaux !)

Autorité intergalactique (AIG) – police/ législateurs intergalactiques

UIG – Université intergalactique

Jörð – planète d'origine des Vikingar

Kamphundr – charognard

Kvenn / kvenna – compagne qui n'est pas une âme sœur

Quantnet – Internet intergalactique

Rotation – une année (dont la durée exacte varie d'une planète à l'autre)

Sæta – bien aimée

Skitr – merde, putain (juron)

Valkyr – vaisseau spatial commandé par Njal le Sanguinaire

Vitskertr – abruti, crétin

1

BIRNHRYH

Laurel

Est-ce que je me ferais virer si je giflais ma patronne ? Très probablement. Malgré tout, j'étais tentée de le faire.

Inconsciente de la gifle qui la menaçait, Nicole me fit un grand sourire. Elle était persuadée de me faire une fleur.

— Je refuse, dis-je fermement, en lançant un regard noir à la blonde canon responsable du service investigation du magazine *Exposure*. Trouve quelqu'un d'autre.

— Tu es la seule femme qui soit à la fois célibataire et compétente. Je ne confierais pas cette mission à Jenna.

— Jenna fera très bien l'affaire.

— C'est une stagiaire. Tu imagines les problèmes d'assurance si elle a des ennuis ?

— Donc tu admets que cette mission va mal tourner ?

— Pas si c'est toi qui t'en charges. J'ai confiance en toi, Laurel. Après ton succès avec les révélations sur la marée noire, ce sera une promenade de santé.

— Une promenade en pleine nuit dans un parc sombre et flippant, marmonnai-je. Pourquoi tu ne le fais pas toi-même ?

— Parce que, contrairement à toi, je suis mariée. Si ce qu'ils prétendent est vrai et qu'ils trouvent vraiment l'âme sœur des gens, qu'est-ce que je ferais ? Comment ça se passe s'il s'avère que ma femme n'est pas mon âme sœur ? Non, c'est un boulot pour une célibataire.

« *Comme toi* », j'entendis dans sa voix, même si les lèvres de Nicole n'avaient pas bougé. Je rouvris le dossier, feuilletai les pages que notre stagiaire avait préparées. Je devais admettre que cette affaire était intrigante. Des femmes disparaissaient partout en Écosse. À première vue, il ne semblait y avoir aucun lien entre elles, jusqu'à ce que notre brillante stagiaire se rende compte que toutes ces femmes étaient célibataires et inscrites dans une agence de rencontres. Hot Tatties. Leur logo, un Cupidon dodu affublé d'un kilt, me déshabillait du regard depuis la page. Sale vicelard.

— Tu porteras un mouchard en permanence, poursuivit Nicole pendant que je parcourais le dossier. Si ça dégénère, on te sortira de là. Quel pseudo est-ce que tu veux utiliser cette fois ?

— Pourquoi la police ne s'en charge pas ? me plaignis-je.

— Parce que ça pourrait être le scoop de l'année. Un réseau de trafic humain qui se sert d'une agence de rencontres comme couverture ? Je veux raconter cette histoire dans *Exposure*. Ça pourrait être un grand tournant dans ta carrière. Si mon intuition se confirme, on pourrait te remettre un prix pour cette histoire.

Tous les journalistes du pays te jalouseront. Je ne comprends pas pourquoi tu hésites.

Parce que ça me déplaisait qu'on m'ait choisie uniquement pour mon célibat. J'étais célibataire, et alors ? N'importe qui pouvait faire mine de l'être. J'étais en train de faire des recherches sur une histoire d'espionnage industriel très complexe, et Nicole voulait que je m'inscrive dans une agence de rencontres ? Malgré les soupçons, ça ressemblait à une histoire superficielle qui ne ferait pas la une s'il s'avérait que ce n'était pas du trafic d'êtres humains. Mais si elle avait raison...

— Et s'ils me trouvent réellement quelqu'un ? demandai-je à ma patronne. C'est un peu cruel de lui donner de l'espoir si c'est pour le décevoir quand il découvrira que je ne suis pas la bonne.

— Le scoop du siècle, Laurel. C'est tout ce que j'ai à dire. Et puis, je parie que la plupart des gars ne cherchent rien de plus qu'un coup d'un soir de toute façon.

Elle n'avait probablement pas tort. Mes expériences récentes en matière de rencontres amoureuses avaient été décevantes. J'avais beau liker des profils, les personnes avec qui je matchais n'étaient jamais ce que je cherchais vraiment. Même avec les rendez-vous les plus prometteurs, il manquait quelque chose. Je n'arrivais pas à mettre le doigt dessus, mais les hommes que j'avais rencontrés ne me satisfaisaient tout simplement pas. Peut-être que mes attentes étaient trop élevées. Peut-être que je cherchais une licorne au milieu d'un troupeau d'ânes.

Je regardai à nouveau la brochure de l'agence de rencontres. Les mecs qu'on y voyait étaient tellement beaux qu'ils étaient clairement retouchés. Des canons pareils, il en existait peut-être un ou deux dans la vraie vie, mais pas des dizaines. Ils portaient tous des kilts et, avec leurs cheveux roux, on n'aurait pas pu faire plus écossais.

Nicole me sourit, consciente qu'elle avait gagné.

— Je te réserve un train pour Glasgow.

Je sortis sous la pluie, nullement surprise par le temps. C'était typiquement écossais, tout comme le son des cornemuses émanant de quelque part à l'extérieur de la gare. Je scrutai la foule à la recherche de mecs sexy en kilt. Pas de bol.

C'était seulement la deuxième fois que je venais en Écosse. La première remontait à de très nombreuses années, à l'occasion d'un voyage scolaire. Ils nous avaient emmenés dans une distillerie de whisky dans les Highlands, mais bien sûr, on ne nous avait pas autorisés à boire. La déception que ça avait engendrée, combinée à une semaine de pluie, était si profondément ancrée dans ma mémoire que je n'étais jamais revenue depuis. C'était à seulement cinq heures de Londres, donc si l'agence de rencontres me trouvait quelqu'un, je pourrais presque transformer ça en une relation du week-end. Mais ce n'était pas pour l'amour que j'étais là. Je voulais découvrir la vérité sur ces disparitions, rien de plus.

Ma perruque me démangeait, et je me maudis d'avoir décidé de me teindre les cheveux en bleu la semaine dernière. Ma couleur naturelle châtain foncé passait inaperçue, ce qui était parfait pour les opérations d'infiltration, mais le bleu était trop remarquable. C'est pourquoi j'étais passée au blond polaire grâce à la perruque que Nicole m'avait donnée. Ça ne m'allait pas du tout, mais ma patronne n'était pas de cet avis. Se liguant toutes les deux contre moi, elle et la stagiaire m'avaient transformée en bimbo blonde bien trop maquillée, perchée sur des talons inadaptés aux collines écossaises et dotée d'une valise remplie de vêtements qui ne m'appartenaient pas. Je regrettais d'avoir accepté cette mission.

Le scoop du siècle, me répétai-je. C'était la seule chose qui m'empêchait de sauter dans un train pour rentrer à Londres.

Après avoir hélé un taxi, je profitai de ce court trajet pour me familiariser avec les propriétaires de l'agence de rencontres. Pamela Chester et Steffanie Clynder, deux femmes originaires d'ici. Steffanie venait tout juste de passer copropriétaire. C'était elle que je devais cibler. Il devait bien y avoir une raison à cette promotion. Pamela n'avait pas encore l'âge de penser à la retraite. Elle était restée l'unique propriétaire pendant dix ans, alors pourquoi ce brusque changement d'organigramme ? L'autre signe suspect était que les deux femmes recrutaient massivement. Elles avaient engagé plusieurs assistantes et ouvert deux petites agences à Édimbourg et Aberdeen. Elles recevaient des paiements réguliers de comptes offshore, ce qui expliquait comment elles pouvaient financer cette expansion. À l'ère des applications de rencontre, comment cette agence faisait-elle pour fructifier aussi vite ?

Je ne connaissais personne de mon âge qui avait utilisé une agence pour trouver l'amour. Pourquoi payer une fortune alors que l'on pouvait swiper sur son téléphone ? En plus, il y avait quelque chose de gênant dans le fait d'admettre face à des inconnus qu'on n'avait pas eu de chance en amour. J'étais la seule dans mon cercle d'amis qui était encore célibataire. J'avais toujours mis cela sur le compte de ma carrière dont j'avais fait une priorité, mais j'avais des amies qui réussissaient aussi dans ce domaine. L'une d'elles était médecin urgentiste. Si quelqu'un manquait de temps pour faire des rencontres, c'était bien elle, pourtant elle était avec son copain depuis cinq ans.

— C'est là, annonça le chauffeur de taxi.

Il eut un sourire en coin vers le Cupidon en kilt peint sur le bâtiment en pierre, qui aurait été bien terne sans ça.

— Bonne chance, mam'zelle.

Je manifestai mon mécontentement en ne lui laissant aucun pourboire. Je n'aimais pas qu'on me juge. Surtout pas les inconnus qui ne savaient rien de moi – ou de l'identité que j'endossais aujourd'hui. Laurel Knight, 28 ans, banquière d'affaires à Londres, en quête d'une vie plus calme avec un beau gosse écossais.

D'un geste furtif, je pris une photo du logo de Cupidon et l'envoyai à Nicole. J'avais troqué mon téléphone contre l'un des téléphones prépayés du magazine, alors autant m'en servir.

« Bonne chance », me répondit-elle aussitôt.

Je ravalai ma réplique cinglante et j'entrai dans l'agence de rencontres. Deux bureaux trônaient sous un autre Cupidon gigantesque, mais un seul d'entre eux était occupé. Une femme aux cheveux gris, dotée d'une poitrine que je ne pouvais m'empêcher d'envier, se leva et me sourit.

— Laurel ? Je m'appelle Pam, l'une des copropriétaires de Hot Tatties.

Je lui serrai la main. Si Pam était une trafiquante d'êtres humains, elle savait très bien jouer la comédie. Elle avait une aura de grand-mère bienveillante, le genre qui vous serre contre sa poitrine généreuse et vous offre des biscuits. Elle ne ressemblait certainement pas à quelqu'un qui aurait des activités illégales en coulisse. Mais après six ans de journalisme d'investigation, j'avais appris que les apparences étaient souvent trompeuses. À vrai dire, elles l'étaient presque toujours.

Pam me conduisit dans une petite pièce du fond, heureusement sans Cupidon en kilt cette fois. Je m'assis sur un canapé en velours bleu pendant qu'elle préparait du thé. Je faillis éclater de rire quand elle revint avec une assiette de biscuits au gingembre.

Une fois assise dans un fauteuil vieillot face à moi, Pam déclara :

— Donc vous êtes ici aujourd'hui parce que vous avez rempli notre questionnaire en ligne, et nous pensons que vous avez de bonnes chances de trouver un partenaire compatible dans notre base de données. Je dois vous préciser que nous sommes en train de changer notre image de marque. Par le passé, nous nous sommes essentiellement concentrées sur les hommes écossais, mais nous avons aujourd'hui une grosse demande de la part de Scandinaves à la recherche de l'amour. Pensez Vikings, barbes et haches.

— Des haches ?! m'exclamai-je.

— Le groupe d'hommes avec qui notre agence travaille est très attaché à son patrimoine.

Pam semblait sur le point d'ajouter quelque chose, mais elle secoua la tête et me tendit une tablette.

C'était forcément une arnaque. Pourquoi un groupe de Scandinaves canon passerait-il par une agence de rencontres écossaise ? Mais il n'y avait qu'une seule façon de découvrir la vérité.

Je remplis le questionnaire à une vitesse record, en inventant des réponses au fur et à mesure. Laurel Knight aimait le tricot, pariait sur des courses de chevaux et écoutait du grime. Sa couleur préférée était le turquoise, et elle aimait ses steaks bleus. Certaines des questions étaient vraiment étranges, mais je pris plaisir à donner des réponses ridicules pour mon faux personnage. Une fois terminé, je rendis la tablette à Pam.

— Maintenant, il ne me manque plus qu'un petit échantillon d'ADN. Crachez dans ce tube et je l'enverrai avec ceux de la semaine. On aura les résultats d'ici environ quinze jours, même si ça ne veut pas dire qu'on vous trouvera quelqu'un aussi vite que ça. J'aime dire qu'il y a une âme sœur pour chacune d'entre nous, mais si elle n'est pas encore inscrite dans notre agence, c'est plus difficile de la trouver. C'est pour cette raison que nous recrutons autant de candidates que possible, afin de maximiser les chances de succès pour nos clients.

— Vous croyez vraiment aux âmes sœurs ? demandai-je.

— Bien sûr. J'ai épousé la mienne.

Je la regardai d'un air sceptique. Je ne pouvais pas m'attendre à une autre réponse de sa part. Elle était à la tête d'une agence de rencontres ; il fallait bien qu'elle fasse mine de croire à ce genre de choses.

Pam me sourit.

— Je suis avec mon mari depuis près de trente ans, mais je n'ai découvert que l'année dernière qu'il était réellement mon âme sœur, quand nous avons tous les deux passé le test. Nous en parlions depuis que les scientifiques ont découvert ce petit marqueur ADN qui identifie les âmes sœurs. Mon mari et moi étions d'accord pour dire que nous serions parfaitement heureux même si nous n'étions pas de véritables âmes sœurs – après tout, trente ans, c'est assez long pour bien se connaître. Nous avions traversé tant de choses ensemble, et nous savions que notre relation était solide. Mais nous n'avons pas du tout été surpris de découvrir que le test était positif.

J'avais besoin d'un moment pour digérer tout ça. Soit cette femme était la meilleure vendeuse du monde, soit elle croyait vraiment au test de son agence. Si ce test était réellement capable d'identifier les âmes sœurs, c'était révolutionnaire. Je ferais la une des journaux rien que pour ça, même si aucun trafic d'êtres humains n'était en jeu.

— Pourquoi on n'en parle pas sur toutes les chaînes ? lâchai-je.

— Comment ça ? demanda-t-elle.

— Si vous pouvez trouver des âmes sœurs, pourquoi est-ce que vous ne faites pas d'interviews dans les médias ? Pourquoi est-ce que vous n'avez pas reçu le prix Nobel de médecine ? Pourquoi est-ce qu'il n'y a pas une file d'attente devant l'agence ?

La femme d'un certain âge eut un petit rire.

— Parce que les choses nous conviennent telles qu'elles sont. Tant que nous n'embauchons pas plus de personnel, nous sommes saturées. Nous faisons un peu de publicité, mais le bouche-à-oreille suffit à alimenter notre base de données en célibataires éligibles. Si on avait plus de visibilité, on ne pourrait pas absorber toute la demande. Le laboratoire avec lequel nous travaillons ne peut traiter qu'un certain nombre d'échantillons par semaine. Mais vous avez de la chance : après un petit retard, ils sont enfin à jour, donc votre résultat ne tardera pas à arriver. Je vous contacterai si – ou plutôt, quand – nous vous aurons trouvé le bon.

J'attendrais ça avec impatience. Non pas parce que je voulais trouver mon âme sœur. Mais parce que c'était le plus grand scoop de toute ma carrière.

2

BIRNHRKA

Rune

Péritus était une planète étrange. De loin, elle ne paraissait pas si différente de Jörð, la planète qui était la mienne autrefois. Mais Jörð avait disparu à jamais, détruite par une catastrophe naturelle presque trois rotations plus tôt. Il ne me restait que des souvenirs. En regardant Péritus en contrebas, certains de ces souvenirs refaisaient surface. Des falaises imposantes, l'herbe couverte de rosée balayée par la brise matinale, le son des guerriers s'entraînant pour la bataille à venir... Je chassai ces souvenirs. Ça ne servait à rien. Jörð n'était plus. Le *Valkyr* était notre maison désormais, le vaisseau qui nous avait sauvés d'une mort certaine lorsque le reste de notre espèce avait péri. Il ne restait qu'à peine un millier de Vikingar, disséminés dans toute la galaxie. Pendant un temps, nous avions cru que notre extinction était proche, puis tout avait changé.

Péritus, la planète bleue et verte en dessous de nous, était notre salut. En échange d'épouses choisies parmi les indigènes péritennes, nous protégions désormais la planète des pirates, des pillards et des trafiquants d'esclaves. Tant de choses s'étaient passées au cours de la dernière rotation que j'avais du mal à suivre. Notre capitaine, Njal le Sanguinaire, avait non seulement trouvé une compagne, mais il l'avait également mise enceinte. Elle attendait le premier hybride périto-vikingr de l'histoire. Njal ne quittait pas sa compagne des yeux, ce qui faisait de moi le capitaine par intérim du *Huginn*, le vaisseau-jumeau du *Valkyr*. C'était un poste étrange, que je n'avais jamais désiré. J'étais un berserkr, un guerrier d'élite, et non un leader. J'étais constamment assailli de maux de tête à force de gérer les affaires courantes du *Huginn*. Je rêvais de reprendre le cours de notre ancienne vie. Les batailles sanglantes, les joies de la victoire, des cornes de bière à profusion pour célébrer nos exploits. Nous avions été la terreur de la galaxie, craints par les marchands d'un bout à l'autre de l'univers. À présent, nous étions coincés dans une routine monotone. J'avais horreur de ça.

Les mâles qui avaient trouvé des compagnes péritennes étaient heureux. Les autres, non. Chaque jour, je devais gérer les bagarres qui éclataient entre les mâles célibataires. Le *Huginn* abritait des couples périto-vikingar ainsi que les hommes qui n'avaient pas encore trouvé de compagne. Le *Valkyr* servait de lieu pour présenter les Péritennes à leur compagnon potentiel et les habituer à la vie dans l'espace. En matière de technologie, les Péritens étaient à la traîne comparés aux Vikingar. Ils venaient à peine d'inventer le voyage dans l'espace. C'était un miracle que nos deux espèces soient compatibles. Si Njal et Steff n'en avaient pas été la preuve parfaite, sans cette grossesse après seulement quelques semaines passées ensemble, j'étais prêt à parier que j'aurais dû mettre un terme à bien plus de bagarres.

Moi, empêcher les gens de se battre. C'était ridicule. Autrefois, j'aurais participé, écrasé des nez et brisé des os à volonté. À présent, je devais endosser le rôle d'une personne responsable. Je détestais être aux commandes. Njal était un capitaine que tout le monde avait toujours suivi sans difficulté. Il était brutal quand il le fallait, mais il était aussi juste. Ses décisions étaient prévisibles. Quiconque s'opposait à lui en subissait les conséquences, mais ceux qui le suivaient étaient récompensés à chaque fois. Les butins n'avaient jamais manqué. Nos raids étaient légendaires. Mais cette époque appartenait désormais au passé. Au lieu de semer la pagaille, c'est nous qui devions la prévenir. Je me mis à rire tout seul. Avions-nous, d'une façon ou d'une autre, atterri dans un univers parallèle ?

Une île familière se dessina à l'horizon. C'était de là que provenaient la plupart de nos femmes. Tout ceci n'avait été qu'un immense coup de chance – même si Njal insistait sur le fait que c'était son hamingja, son guide spirituel, qui l'y avait conduit. Quoi qu'il en soit, nous travaillions désormais avec une agence de rencontres dans un petit pays que les indigènes appelaient l'Écosse. Ils avaient beaucoup de mots étranges dans leur langue. Péritus s'appelait la Terre, et les Péritens étaient des humains, ce qui était incroyablement déroutant, même après des mois d'interaction avec eux. Pourquoi fallait-il qu'ils utilisent un autre terme que le reste de la communauté intergalactique ? Peut-être que l'entêtement était un trait de caractère aussi ancré en eux qu'il l'était en nous, les Vikingar. Les femelles que j'avais rencontrées jusqu'à présent aimaient toutes exprimer leurs opinions, Steff en particulier. Elle se fichait que son compagnon soit capitaine et dirige non pas un, mais deux vaisseaux.

Pour elle, il n'était qu'un mâle à qui elle pouvait donner des ordres. Nous autres trouvions leurs échanges très divertissants, mais je me demandais toujours comment je me comporterais avec ma propre compagne, si toutefois je la trouvais un jour.

Comme tous les Vikingar à bord du *Valkyr* et du *Huginn*, j'avais soumis un échantillon et attendais désormais un appel de l'agence. Environ cinquante Vikingar avaient déjà trouvé leur âme sœur. Ce qui avait débuté comme une simple expérience s'était maintenant transformé en procédure bien rodée. L'agence conduisait les femmes – sans qu'elles sachent qu'elles allaient rencontrer des extraterrestres pour la première fois de leur vie – à leur aérodrome local, où elles embarquaient à bord d'une navette à destination du *Valkyr*. Jusqu'à récemment, c'est Steff qui avait supervisé le processus d'orientation, mais maintenant que l'enfant de Njal avait arrondi son ventre, une autre Péritenne avait pris le relais. À première vue, Holly était un peu plus douce que Steff, mais les deux femmes étaient des forces de la nature que même un Vikingr peinait à maîtriser. Holly était unie à Errik, le guerrier qui avait été nommé capitaine par intérim du *Valkyr*. Comme moi, il n'était pas ravi de son rôle. Nous avions hâte que le bébé de Steff arrive pour que Njal reprenne enfin les commandes.

Après quelques jours passés à s'habituer à la vie sur le *Valkyr*, on présentait les femmes à leurs prétendants. Pour certains couples, c'était le coup de foudre. Pour d'autres, il fallait des jours, voire des semaines, avant qu'ils ne s'unissent officiellement. Qu'en serait-il pour moi ? Ferais-je partie de ces mâles qui prenaient leurs compagnes sur-le-champ, signalant ainsi qu'elles leur appartenaient ? Ou serait-ce un long processus éprouvant, qui me mènerait au bord de la folie ?

Nous avions déjà failli perdre un mâle à cause du fýst. Lorsque les Vikingar rencontraient leur compagne pour la première fois, le fýst commençait ; un désir insatiable qui les rendait fous. Seul l'accouplement avec sa compagne pouvait mettre fin au fýst et sauver le mâle. Ça n'aboutissait presque jamais à la mort, mais vu que notre espèce était toujours au bord de l'extinction, nous ne pouvions pas nous permettre de perdre des vies inutilement.

Un message apparut sur le grand écran devant moi. Même dans l'observatoire, je ne pouvais échapper à mes devoirs de capitaine par intérim. En jetant un dernier regard vers Péritus, j'ouvris le message. Il me fallut plusieurs clics pour comprendre ce que j'étais en train de lire, et encore plus longtemps pour décider de ce que je ressentais à ce sujet.

Ils m'avaient trouvé une compagne. Une femelle rien qu'à moi.

J'avais envie de crier de joie et de pleurer de frustration. Je n'avais pas le temps pour une compagne en ce moment. J'avais déjà du mal à assumer toutes les responsabilités qui m'incombaient avec ce nouveau rôle. Si je réagissais à ma compagne comme Njal avait réagi à la sienne, ce serait une catastrophe. Il nous avait attaqués, aveuglé et confus par le fýst. Njal était un guerrier puissant, l'un des plus forts que j'avais jamais affrontés, mais j'étais un berserkr. Je pouvais invoquer une force bien supérieure à celle d'un Vikingr ordinaire. J'avais passé ma vie à entraîner mon corps pour en faire une arme. Grâce aux rituels secrets transmis au fil de centaines de générations, je pouvais devenir plus fort que Njal, plus fort que quiconque à bord de ce vaisseau. Si le fýst m'affectait autant que lui, il faudrait des chaînes d'acier pour m'empêcher de tuer mes amis, mes frères d'armes. Et qui pouvait garantir que ma compagne serait en sécurité avec moi ?

Je refusais qu'une telle chose se produise. Il fallait que je la prenne dès que possible, avant que le fýst commence pour de bon.

Au début, nous pensions que seule une rencontre en personne avec l'âme sœur était capable de déclencher le fýst, mais Errik avait prouvé que le simple fait de la voir à l'écran suffisait à provoquer les premiers symptômes. Je devais donc agir vite. Je ne pouvais pas l'observer avant notre première rencontre. Je ne pouvais même pas risquer de voir une image d'elle. Et ensuite, une fois que nous nous serions rencontrés, j'allais devoir m'accoupler avec elle. Elle comprendrait. Elle n'aurait pas le choix. Je ne pouvais pas risquer la vie de l'équipage, même pour ma compagne.

J'appelai l'agence. Pam décrocha dès la première sonnerie, comme si elle m'attendait.

— Félicitations, me salua-t-elle avec un grand sourire. C'est ton tour, Rune.

Depuis que j'étais devenu capitaine par intérim, j'avais beaucoup communiqué avec Hot Tatties, appris à connaître Pam et son équipe. C'était une femme chaleureuse et amicale, qui était unie à Périten. Ses plus belles années étaient derrière elle, mais il émanait de tout ce qu'elle faisait une beauté naturelle.

— Tu veux que je te parle d'elle ? demanda Pam.

— Non, rétorquai-je sèchement avant qu'elle ait le temps de dire un mot de plus.

Pam me regarda, choquée et perplexe, malgré la colère sourde qui se reflétait dans ses yeux vert foncé.

— Non, répétai-je d'une voix plus douce. Je ne peux rien savoir d'elle. Ne me montre pas sa photo. Ne me dis même pas son nom. Je ne veux pas risquer que le fýst commence prématurément.

— Est-ce que c'est vraiment possible ? Je n'ai jamais entendu dire qu'il pouvai: être déclenché de cette façon.

— Je ne peux pas prendre ce risque. Dis-moi simplement quand elle arrivera ici.

— Je peux essayer de la faire monter à bord de la prochaine navette en partance pour le *Valkyr*, c'est-à-dire dans trois jours. Si elle accepte de venir, bien sûr. Je n'ai pas encore eu de retour de sa part.

Mon estomac se serra à l'idée que ma compagne me rejette. Il fallait qu'elle accepte de venir. Si elle ne le faisait pas... Eh bien, j'étais ami avec Torsten, dont les compétences en matière de piratage étaient légendaires. Il pourrait entrer dans la base de données de l'agence et me trouver l'endroit où se trouvait ma compagne. Mais ce n'était envisageable qu'en dernier recours. Pour l'instant, je devais croire que ma compagne était aussi impatiente que moi de trouver son âme sœur.

3

BIRNIRYF

Laurel

T out était arrivé bien plus vite que nous ne l'avions anticipé. Je reçus le coup de fil de Pam seulement deux semaines après mon retour à Londres. Elle avait trouvé mon âme sœur. Ou du moins, c'est ce qu'elle affirmait. Nous en avions ri au bureau, en nous demandant combien de femmes croyaient réellement à ces conneries. Même si Pam semblait croire dur comme fer à sa pseudo-science, j'avais fait quelques recherches après mon retour. Les âmes sœurs étaient un mythe. Ça n'existait pas. Et si aucune des grandes universités n'avait trouvé de preuves du contraire, quelles étaient les chances qu'une petite agence de rencontres écossaise ait réussi là où elles avaient échoué ?

Néanmoins, même si j'étais à présent quasi certaine que je ne ferais pas la une des journaux avec cette histoire d'âmes sœurs, il restait la question des femmes disparues. Une autre fille avait disparu la semaine passée. Ses parents avaient été étrangement réticents à me parler, mais je comptais retenter ma chance. Mais d'abord, j'allais rencontrer l'homme qu'on m'avait trouvé.

Lors de notre appel, Pam m'avait simplement demandé si j'étais prête à partir en voyage tous frais payés pour faire connaissance avec mon prétendant. Elle n'avait pas mentionné la destination, mais j'avais eu du mal à ravaler ma salive quand elle m'avait dit que je devais m'engager à rester un mois entier. Ça n'avait pas plu à Nicole, d'autant que j'allais mener des recherches pendant ce voyage. Le magazine allait devoir me payer. Pour sauver les apparences, j'avais dit à Pam que j'avais hâte et que j'étais disposée à faire ce mystérieux voyage. En réalité, je ne comptais pas rester plus longtemps que nécessaire. Jusqu'à ce que j'aie les preuves que l'agence Hot Tatties était impliquée dans la disparition des femmes. Puis je partirais, et publierais mon article avant de prévenir la police. Et en un claquement de doigts, ma carrière serait assurée une bonne fois pour toutes. C'était l'opportunité que j'attendais. Je le sentais dans mes tripes.

Malheureusement, il n'y avait pas de vols entre Londres et notre destination inconnue, alors je devais une fois de plus remonter jusqu'en Écosse. Cette fois, le ciel était simplement couvert, mais on voyait bien que la pluie n'était pas loin. J'espérais que nous irions dans un endroit chaud et ensoleillé. S'allonger sur une plage pendant que Nicole payait mes factures me semblait vraiment idyllique.

Une jeune femme brandissait une pancarte à la gare. J'étais sur le point de l'ignorer quand je me rendis compte que c'était moi, Laurel Knight. Il allait me falloir un peu de temps pour m'habituer à cette nouvelle identité. Parfois, si les sujets de mes recherches étaient assez différents, je réutilisais le même pseudonyme deux ou trois fois, mais celui-ci était inédit. Changer de prénom était toujours source de problèmes – j'avais du mal à réagir quand on m'interpellait – donc j'avais décidé de ne changer que mon nom de famille cette fois-ci. Au cours des deux dernières semaines, j'avais continué à étoffer l'identité de Laurel Knight, en ajoutant des détails à ceux que j'avais mentionnés dans le questionnaire de Hot Tatties. Heureusement, Pam avait dit qu'on n'aurait pas besoin de passeport pour rejoindre notre destination. Avec leur obsession pour les hommes en kilt, on finirait probablement dans les Highlands écossais. Super. Encore de la pluie. Moi, je voulais une plage et du bronzage.

La femme se présenta sous le nom de Michelle et me conduisit à une fourgonnette argentée qui nous attendait devant la gare. Trois autres femmes étaient déjà à l'intérieur, deux d'entre elles aussi blondes que ma perruque, et la troisième semblait avoir des origines sud-asiatiques. Je m'installai derrière le conducteur pendant que Michelle chargeait ma valise à l'arrière.

— Tu sais qui est ton prétendant ? demanda aussitôt la plus jeune des femmes, tout juste sortie de l'adolescence. Oh, moi c'est Keira, au fait.

— Pas vraiment, la lettre mentionnait juste son nom. Rune. Un prénom bizarre, mais peut-être qu'il n'est pas d'ici ?

— Le mien s'appelle Knutr, poursuivit Keira pour bavarder. Aucune idée si je l'ai bien prononcé. J'espérais qu'elles m'enverraient une photo de lui, mais Pam a dit que c'était une surprise. Elles ne veulent pas qu'on soit influencées par l'apparence des gars.

— J'espère que le mien ressemblera aux mecs de leurs pubs, soupira l'une des femmes derrière moi. Vous savez, roux, hyper musclé, avec un kilt et rien d'autre. Je sais bien que ce sera probablement un gars ennuyeux en costume, mais on peut toujours rêver.

— Ouais, continue de rêver, lança Michelle depuis le fond. Rassurez-vous, non seulement vos prétendants sont séduisants, mais ils ont aussi des personnalités incroyables.

La femme aux cheveux noirs gloussa derrière moi.

— Je sais que la personnalité est censée être tout ce qui compte, mais j'espère que le mien fait de bons câlins. J'ai besoin d'un grand costaud qui peut... Enfin, bref.

Michelle rejoignit le conducteur à l'avant de la fourgonnette et nous prîmes la route, pendant que les autres femmes continuaient de s'imaginer à quoi ressemblait leur prétendant. Je me contentais d'écouter leurs discussions, en prenant des notes mentalement. Je pourrais utiliser certains éléments pour mon article. Si l'une de ces femmes disparaissait, cette scène serait une mine d'or.

Elles étaient pleines d'espoir, mais leurs rêves allaient être brisés dès leur arrivée...

Il commençait à faire sombre lorsque nous quittâmes le centre de Glasgow. Des panneaux indiquant l'aéroport défilaient. Sans passeports, la liste des destinations possibles était relativement réduite. Quelque part au Royaume-Uni. Puisque j'avais dû prendre le train jusqu'ici, il était probable que le voyage se poursuivrait vers le nord. Peut-être les Hébrides ou les Highlands ? Orkney ? Shetland ? Ce devait être un endroit isolé, là où personne ne remarquerait ce qu'ils prévoyaient de nous faire. S'ils étaient vraiment des trafiquants d'êtres humains. Michelle avait l'air plutôt sympa, tout comme Pam. Mais les apparences étaient parfois trompeuses. Je ne serais pas une bonne journaliste si je ne doutais pas de tout et de tout le monde.

À un moment, les bavardages se calmèrent et nous roulâmes dans la nuit en silence. Je commençais à avoir sommeil, mais me rappeler l'importance de cette mission d'infiltration m'empêchait de m'assoupir. C'était épuisant de voyager. Enfin, la fourgonnette s'arrêta. La tour de contrôle intensément éclairée de l'aéroport était à peine visible au loin, mais nous étions bien loin du terminal. L'espace d'un instant, je laissai la peur monter en moi, avant de la chasser avec détermination. Je ne pouvais pas me permettre d'être émotionnelle. Je devais trouver des preuves de ce qu'ils faisaient, puis m'échapper avant de devenir l'une de leurs victimes. De toute façon, il était peu probable qu'ils nous fassent disparaître dès maintenant. Nous étions encore à la périphérie de Glasgow, une grande ville pleine de témoins potentiels.

— Allez, c'est l'heure de sortir de la fourgonnette. Il vient de commencer à pleuvoir un petit peu, mais vous allez juste devoir vous dépêcher, annonça Michelle. La navette est garée là-bas, pas loin. Je sais qu'il fait sombre, alors restez près de moi. Vous ne voudriez pas vous tordre la cheville avant même de rencontrer vos prétendants.

Phrase de mauvais augure. J'attendis que Keira descende en premier avant de la suivre. Le conducteur resta dans la fourgonnette.

Dès que je posai le pied dehors, je regrettai aussitôt d'avoir mis des talons. Le sol était boueux et instable. Pourquoi nous étions-nous arrêtées ici et non au terminal de l'aéroport, bordel ?

— On va emporter vos valises à bord, dit Michelle en voyant que je me dirigeais vers l'arrière de la fourgonnette pour récupérer mes affaires. Ça vous facilitera la vie. On ne veut pas que vous soyez toutes épuisées et fatiguées. Il nous reste encore quelques heures de route.

Quelques heures. Nous étions à l'aéroport, donc si nous étions sur le point de prendre un avion, quelques heures suffiraient à nous faire quitter le pays. Pourtant, Michelle avait mentionné une navette. J'essayai de percer l'obscurité du regard, mais c'était inutile. La bruine se transformait lentement en trombes d'eau, masquant tout ce que la nuit ne dissimulait pas déjà. Nous nous serrions toutes les quatre les unes contre les autres. Sam, la blonde assise au fond de la fourgonnette, sortit un parapluie, mais c'était un de ces modèles pliants bon marché, à peine assez grand pour elle toute seule.

— Qu'est-ce que vous faites, à rester plantées sous la pluie ? s'écria Michelle. Suivez-moi !

Ce n'était qu'une silhouette sombre au loin. La boule de peur que je contenais en moi commençait à s'agiter dans sa cage, mais je résistai. Je refusais de céder à la terreur que cette situation m'inspirait.

Nous avancions péniblement, en nous bousculant les unes les autres, sous la pluie qui trempait nos vêtements. J'étais contente que ma valise soit restée au sec dans la fourgonnette, à l'abri de cette averse. Voilà pourquoi je ne vivais pas en Écosse. Espérons que mon prétendant n'habite pas dans un endroit aussi pluvieux. Je n'avais pas l'intention de m'installer avec lui, mais tout de même. Le climat façonne une personne. Je voulais qu'il soit radieux et chaleureux.

Une ombre immense se dessina devant nous. Elle était déformée par la pluie, mais j'étais certaine que ce n'était ni un avion ni un bus. Où Michelle nous conduisait-elle ?

Trop concentrée sur notre destination que j'essayais de distinguer, je réagis trop tard quand mon pied se coinça dans quelque chose par terre. Maudits talons !

Je tournai sur moi-même, essayant de garder l'équilibre, trébuchai et tombai –

Crac !

Une douleur vive explosa dans ma cheville, irradia dans ma jambe et dans mes orteils. Un cri m'échappa et avant même de comprendre ce qui se passait, j'étais par terre, dans la boue, cramponnée à mon pied.

— Qu'est-ce qu'il se passe ? s'écria Michelle au loin.

J'étais trop concentrée sur le fait de ne pas crier à nouveau pour répondre. Quelqu'un braqua une lampe torche sur moi et je clignai des yeux face à la lumière. Était-ce la pluie qui coulait sur mes joues ou des larmes ?

La douleur était plus atroce que tout ce que j'avais ressenti auparavant. J'avais envie de geindre pitoyablement, mais j'étais entourée d'inconnues. Hors de question de baisser ma garde.

Des mains se posèrent sur mes épaules. L'une des femmes probablement. Michelle s'agenouilla devant moi, visiblement désemparée.

— Que s'est-il passé ? Tu penses qu'elle est cassée ?

La lumière se déplaça vers ma cheville. Mon pied n'aurait pas dû avoir cet angle.

— Elle est cassée, ça ne fait aucun doute, marmonna Michelle. Bon, voilà ce qu'on va faire. Je ne peux pas te porter, et si on essaie toutes de te soulever pour t'installer dans la navette, ça risque d'aggraver les choses. Je vais chercher un des gars pour t'aider. Ne bouge pas. Les autres, suivez-moi.

Les femmes protestèrent faiblement, mais la voix autoritaire de Michelle – je ne m'attendais pas à ce qu'elle ait une telle présence – combinée à la pluie battante les convainquit. Elles me laissèrent là, assise dans la boue, agrippée à ma cheville. La douleur était une boule palpitante de magma qui continuait d'exploser dans ma jambe. Je n'étais pas tellement habituée à la douleur. Je ne m'étais jamais rien cassé auparavant. Quelques égratignures pendant l'enfance et des douleurs dentaires de temps en temps, voilà tout. Celle-ci était bien pire. J'avais envie de me recroqueviller par terre et de pleurer.

Une pensée affreuse chassa mes larmes.

Je ne pouvais plus marcher à présent. Je n'avais plus aucun moyen de fuir. Je ne pourrais pas appeler à l'aide.

Je sortis mon téléphone, le gardai près de mon corps pour le protéger de la pluie, puis j'envoyai un message à ma patronne.

4

BIRHIRKÁ

Rune

Être le capitaine par intérim du *Huginn* avait clairement ses avantages. Comme celui de pouvoir ordonner à un de mes hommes de surveiller ma compagne. Je ne pouvais pas le faire moi-même, car j'avais trop peur que le fýst s'empare de moi. Le jeune Skarn était parfait pour cette tâche : intelligent, inventif, et nullement intéressé par les femmes. Je lui avais donné le contrôle de plusieurs drones avec caméras, en lui ordonnant de me faire un rapport au moins trois fois par jour. Son premier rapport m'avait appris que ma compagne avait rencontré Michelle de l'agence Hot Tatties, et qu'elle se dirigeait à présent vers la navette. J'avais aussitôt appelé Pam, furieux qu'elle ait délégué la tâche d'accueillir ma compagne à une employée. Mais quand j'avais vu qu'elle était au lit, les yeux et le nez rouges, les joues bouffies et la voix affreusement enrouée, j'avais accepté que Pamela n'était pas en état de travailler. Elle aurait transmis sa maladie péritenne à ma compagne, ce qui aurait été totalement inacceptable.

Je faisais les cent pas dans ma cabine, incapable de me concentrer sur mes tâches. J'aurais dû être dans le centre de commandement, prêt à intervenir si mon équipage avait besoin de quelque chose. Mais je ne pouvais pas me permettre qu'ils me voient dans cet état. J'étais un berserkr, entraîné à être pleinement maître de moi-même jusqu'au moment où je lâchais prise, pour me transformer en tempête déchaînée de lames et de sang. Si l'équipage s'apercevait que j'étais à deux doigts de perdre le contrôle en ce moment, ils le diraient à Njal. Même si je n'aimais pas vraiment mes nouvelles responsabilités, je ne pouvais nier qu'elles avaient certains avantages. J'avais une cabine plus spacieuse, on me servait en premier au moment des repas, et j'avais la possibilité de faire de Skarn mes yeux et mes oreilles. Si j'étais contraint de reprendre mon poste subalterne, j'allais devoir surveiller ma compagne moi-même, risquant ainsi de déclencher le fýst.

La cabine était plus grande que celle à laquelle j'étais habitué, mais pas assez pour pouvoir y faire les cent pas comme je l'aurais voulu. Le *Huginn* était un vaisseau plus grand que le *Valkyr*, conçu non seulement pour nous, les Vikingar, mais aussi pour accueillir nos futures compagnes et notre progéniture. L'odeur de peinture fraîche flottait encore dans l'air, bien que j'aie ordonné à l'ordinateur du vaisseau un nombre incalculable de fois de simuler les odeurs de Jörð. Le sel et les fleurs, les parfums de mon enfance. J'avais grandi à la campagne près de la mer, dans une maison construite dans une falaise fouettée par les vents, et recouverte de millions de petites fleurs qui résistaient mystérieusement aux tempêtes.

J'étais sur le point de demander au *Huginn* d'ajouter plus de sel au parfum ambiant dans ma cabine quand quelqu'un frappa violemment à ma porte. Je l'avais verrouillée pour avoir un peu d'intimité. J'abattis ma main sur le mécanisme d'ouverture, redoutant ce que j'allais trouver derrière. Ça semblait urgent.

Essoufflé, le visage rouge, Skarn entra en agitant frénétiquement sa tablette holographique.

— Il y a une urgence, souffla-t-il en trébuchant dans ma cabine. Elle est blessée.

Le temps sembla s'arrêter. Mon corps se glaça et mon esprit devint redoutablement aiguisé.

— Que s'est-il passé ? demandai-je d'une voix monotone.

Aucune émotion ne transparaissait dans ma voix, rien qui ne trahissait la tempête en moi.

— Vois par toi-même, commença Skarn en tendant la tablette holographique.

— Non ! grondai-je en détournant le regard de la tablette. Dis-le-moi. Je ne peux pas regarder.

— On dirait qu'elle s'est cassé la cheville. Les drones ont du mal à voler sous la pluie péritenne, donc je n'ai pas vu l'accident en direct. Les pilotes de la navette sont en train de discuter de la marche à suivre. S'ils quittent le centre de commandement, ils se montreront aux femmes avant qu'elles soient prêtes. Mais les femmes ne sont pas assez fortes pour amener ta compagne à l'intérieur sans risquer de la blesser davantage.

— Mets-moi en contact avec les pilotes, ordonnai-je, le cœur battant à tout rompre.

Ma compagne était en danger. Je ne l'avais même pas encore rencontrée, mais j'avais l'impression que mon monde était sur le point de s'effondrer pour la seconde fois. Comment était-ce possible ? Comment pouvais-je ressentir quelque chose d'aussi fort pour elle sans même avoir vu son visage ?

Skarn tapa sur sa tablette, l'écran géant de ma cabine s'alluma brusquement, et les deux pilotes à bord de la navette apparurent. À mon grand soulagement, ils étaient toujours dans le centre de commandement.

— Capitaine Rune, on était justement sur le point de te contacter, me salua Arne. On n'arrive pas à joindre le capitaine Errik, et on a reçu l'ordre de ne pas déranger le capitaine Njal.

Le fait qu'il y ait trois capitaines en même temps me donnait envie de secouer la tête. C'était déroutant et inutile. Si seulement Njal avait su garder sa queue dans son pantacourt.

— Faites-moi un compte rendu, leur ordonnai-je.

Le froid se propageait dans mon corps tout entier. Pendant que nous parlions, ma compagne était dehors, dans le froid, blessée, peut-être mourante. Je ne savais pas grand-chose de la physiologie péritenne, mais je savais qu'ils étaient beaucoup plus vulnérables que les Vikingar.

— Une femme a trébuché et ne peut pas marcher jusqu'à la navette. Est-ce que tu veux qu'on sorte pour l'emmener à l'intérieur ? Le centre de commandement de cette navette n'a pas d'issue indépendante, ce qui veut dire qu'on serait obligés de passer par la cabine des passagers. Les autres femmes nous verraient, ce qui contrevient aux règles fixées par l'agence. Sinon...

— Restez où vous êtes.

Je ne reconnus même pas ma propre voix. Elle était aussi glaciale que le reste de mon corps.

— Dites à l'employée de l'agence de rencontres de rester avec la femme blessée. On va les téléporter.

— Les téléporter ? Mais c'est...

Il vit mon expression.

— Oui, capitaine Rune. On va l'en informer. Je suggère qu'on attende qu'elles aient été téléportées pour décoller, afin qu'elles ne soient pas exposées aux gaz d'échappement de la navette.

D'un hochement de tête, je mis fin à la communication et me tournai vers Skarn.

— Téléporte-les à l'infirmerie du *Huginn*. Elle est mieux équipée que celle du *Valkyr*.

— Mais...

Le jeune mâle se tut en voyant mon regard noir.

— Oui, capitaine.

Certain qu'il ferait son travail, je me précipitai vers l'infirmerie. Le *Huginn* était un vaisseau flambant neuf, équipé des toutes dernières technologies que nous pouvions nous offrir. Depuis que nous avions tous reçu une portion de la fortune combinée de notre planète, les Vikingar étaient devenus l'espèce la plus riche de la galaxie. J'avais beau regretter que notre maison ait été détruite, j'étais heureux en cet instant que nous puissions nous offrir le meilleur du marché. Je ne voulais pas seulement que ma compagne soit en bonne santé : je voulais qu'elle soit en parfaite santé. Les machines de l'infirmerie soigneraient sa blessure, mais aussi tout autre problème sous-jacent qu'elle pourrait avoir.

J'arrivai en même temps que Klav, un mâle célibataire dont les compétences en médecine surpassaient celles de tous les autres membres de l'équipage. Njal prévoyait de l'envoyer à l'Université intergalactique pour qu'il devienne un véritable médecin, mais pas tant que le mâle n'aurait pas trouvé sa compagne.

— J'ai entendu dire qu'une blessée arrivait de façon imminente, dit Klav en me faisant un salut désinvolte. Tu as plus d'informations ?

— C'est ma... c'est une Péritenne. Elle s'est blessée au pied, je ne sais rien de plus. Elle sera téléportée ici d'un clic à l'autre, ainsi qu'une autre Péritenne.

Klav me lança un regard étrange, mais je l'ignorai. Je n'avais pas passé beaucoup de temps dans cette partie du *Huginn*. Les Vikingar tombaient rarement malades. Nous n'avions pas participé à une véritable bataille depuis plus d'une rotation. Pas un seul raid. Sans la perspective de trouver des compagnes, l'équipage se serait déjà rebellé. Jamais nous n'avions passé autant de temps sans même une petite bagarre. Njal prévoyait d'utiliser l'un des deux vaisseaux vikingar pour mener des raids, pendant que l'autre resterait en orbite autour de Péritus pour remplir nos obligations. En échange de la protection de la planète, nous avions le droit d'entrer en contact avec leurs femmes. Du moins, toutes les femmes inscrites à cette agence de rencontres.

Un éclair lumineux fut le seul avertissement que nous reçûmes avant que deux femmes ne se matérialisent au milieu de l'infirmerie. L'une était debout, l'autre assise.

Je me détournai, prenant conscience que je devais partir immédiatement. Le fýst commencerait dès que je poserais vraiment les yeux sur elle. Mais j'en étais incapable. Ma compagne était blessée. Je devais rester auprès d'elle. Si je partais maintenant pour me faciliter la vie, quel genre de mâle serais-je ? Un *hrafnasueltir*, un lâche. J'étais bien des choses, mais je n'étais jamais lâche.

Je pris une profonde inspiration et fis face aux deux femmes à nouveau. Klav avait déjà pointé son scanner médical sur la femme assise, le visage plissé par la concentration. Je me forçai à ne regarder que Michelle, l'autre femme qui travaillait pour l'agence. Elle croisa mon regard et me fit un sourire crispé. Nous ne nous étions jamais rencontrés en personne, mais je lui avais parlé virtuellement plusieurs fois.

— Salut, les gars, je vous présente...

Et c'est alors que les hurlements commencèrent.

5

BIRNIRK

Laurel

Je ne me souvenais pas m'être cogné la tête, mais c'était forcément arrivé. C'était la seule explication à ce qui venait de se passer. Comment j'étais passée d'un Glasgow pluvieux à ça : un espace fortement éclairé où il ne pleuvait pas, avec un plafond, de nombreuses machines effrayantes, des sortes de cercueils métalliques et, pire que tout, deux extraterrestres. Des extraterrestres bleu vif qui ne portaient que des bottines et des shorts noirs.

Ma première réaction avait été de crier, mais dès que le son avait résonné dans la pièce, j'avais arrêté. Crier ne me servirait à rien. J'étais soit dans le coma, soit en train d'halluciner complètement, et je ne pourrais sortir d'aucun de ces états en hurlant.

— Ça va aller, dit Michelle d'une voix douce en serrant mes épaules encore une fois. Ce n'est pas comme ça que tu étais censée découvrir la vérité, mais oui, les extraterrestres existent et oui, nous sommes sur un vaisseau spatial. Des questions ?

Je tournai la tête pour lever les yeux vers elle.

— Tu es sérieuse là ?

— Oui. Je sais que c'est un choc et que tout le monde réagit différemment, mais essaie de rester calme. Dès qu'ils auront soigné ton pied, je te montrerai notre vidéo de présentation et...

— Rester calme ? répétai-je bêtement. Calme ? Je suis calme. Parfaitement calme.

Elle me jeta un regard étrange.

— Formidable. Je disais juste ça parce que tu criais, ce qui n'est pas franchement signe de calme.

Elle marquait un point. Je me frottai les yeux, puis regardai à nouveau les deux hommes bleus. Enfin, les extraterrestres.

J'étais presque déçue par le peu d'imagination dont mon cerveau était capable. De tous les extraterrestres qu'il aurait pu inventer, ceux-là étaient plutôt moyens. Pas de tentacules, pas de queues, même pas de cornes. Ils étaient très humanoïdes, si on faisait abstraction de leur peau et de leurs cheveux bleus, ainsi que de leur taille. Ils étaient immenses. Je n'étais pas petite, mais je me sentais minuscule et frêle à côté d'eux. L'un d'eux me sourit, révélant des dents roses, dont deux qui étaient si longues qu'elles ressemblaient à des crocs de vampire. D'accord, voilà qui relevait un peu le niveau. Peut-être que mon cerveau en plein délire avait gardé le meilleur pour ce qu'ils dissimulaient sous leurs pantacourts rudimentaires. Peut-être avaient-ils quand même des queues, cachées quelque part. J'avais bien le droit de rêver.

— On les appelle les Vikingar, expliqua prudemment Michelle. Ils ne sont pas là pour te faire du mal, ni pour envahir la Terre ou kidnapper nos femmes. Ce sont toujours les trois premières questions qu'on nous pose. Ils...

— Tu perds du temps, grogna le plus grand des deux, avec un accent si prononcé que j'eus du mal à le comprendre.

Oh, mes pauvres ovaires, comment faisait-il pour avoir une voix si grave, ténébreuse et sexy à la fois ? Il ne me regardait même pas, gardant ses yeux bleu arctique rivés sur Michelle.

— Elle, blessée. Klav, répare elle.

L'autre homme, aux longs cheveux bleu marine tressés et attachés en queue de cheval, s'agenouilla à mes côtés, prêt à me soulever du sol. Je me préparai à ressentir une nouvelle vague de douleur – ce qui n'avait aucune importance. La douleur était devenue insignifiante depuis que j'avais commencé à sentir mon corps se liquéfier et que le décor de nuit pluvieuse avait été remplacé par celui-ci.

— Arrête ! rugit soudain le grand extraterrestre. Pas touche elle !

Il poussa l'autre sur le côté avant de baisser enfin les yeux vers moi. Mon cœur s'arrêta un instant lorsque je plongeai mon regard dans le sien. Son visage était indéchiffrable, comme s'il contenait des émotions qu'il ne voulait pas nous dévoiler. Ses cheveux sombres lui tombaient sur les épaules, et une barbe hirsute encadrait sa mâchoire anguleuse. L'espace d'un instant, je m'autorisai à jeter un regard furtif vers son torse avant de me focaliser à nouveau sur son visage. Je ne voulais pas baver d'admiration. J'avais accusé mon cerveau d'avoir fait un choix rasoir en matière d'extraterrestres, mais il s'était surpassé en rendant celui-ci extrêmement léchable.

J'avais horreur de l'objectifier comme ça, mais avec ces muscles luisants qui semblaient avoir été huilés, c'était difficile de faire autrement.

— Je porte elle, annonça-t-il avant de s'agenouiller près de moi.

Un frisson me parcourut l'échine quand je pris conscience à quel point il était proche à présent. Je pouvais presque tendre la main et le toucher. Il y avait une telle intensité dans son regard que je dus détourner les yeux de ses magnifiques prunelles bleu arctique, avant de faire quelque chose que j'aurais regretté plus tard. Même en pleine hallucination, j'avais des manières.

— Tu as très mal ? demanda-t-il d'une voix étonnamment douce.

— Ça va, marmonnai-je avant de comprendre quelque chose d'important.

Était-on censé ressentir de la douleur quand on hallucinait ? Et quand on était dans le coma ? Est-ce que l'astuce universellement admise, qui consiste à se pincer pour vérifier si on rêve ou non, fonctionnait dans cette situation ? Si oui, alors je ne rêvais clairement pas. La douleur dans ma cheville était bien plus forte que n'importe quel pincement.

— Bientôt fini. Med-pod va réparer toi. Je promets.

Sa voix était si intense, si pleine de sincérité, qu'un autre frisson me parcourut. Je ne pouvais pas lever les yeux vers lui sans me sentir submergée. C'était trop pour moi. Il était trop intense.

Avant que j'aie le temps de protester, il me souleva dans ses bras. Il prit soin de ne pas toucher ma jambe blessée, mais le mouvement suffit à me faire grimacer de douleur.

— Vraiment désolé, murmura-t-il. Ça, pas censé arriver. Je censé être là. Je censé te protéger.

— Du sol ? ricana l'autre extraterrestre derrière nous.

Lui aussi avait un accent étranger, mais je n'arrivais pas à en deviner l'origine.

— Ce n'est pas ta faute, Rune. Arrête de faire la tête. Med-pod 3.

Son étreinte se resserra sur moi, me plaquant contre son torse – une falaise aurait été jalouse de la dureté de ses abdos – et il me porta dans la pièce jusqu'à l'un des cercueils métalliques. Il était arrondi aux extrémités, donc pas tout à fait un cercueil, mais il n'en paraissait pas plus accueillant pour autant.

— Je n'entrerai pas là-dedans, protestai-je.

— Si. Ça va soigner blessure et soulager douleur.

Sa voix était ferme mais douce. Que je le veuille ou non, il ne faisait aucun doute que j'allais finir dans ce cercueil, mais je sentais aussi qu'il ne me laisserait pas souffrir davantage. Ces yeux glacials ne mentaient pas. Il me fixait, perdu dans ses pensées, avec encore assez d'intensité pour me faire serrer les cuisses. Je regrettai aussitôt ce mouvement quand une douleur fulgurante remonta dans ma jambe.

Le couvercle coulissant du cercueil s'ouvrit dans un sifflement et un nuage de vapeur s'échappa. Quelque chose qui ressemblait à du cuir rouge tapissait les parois intérieures. L'endroit idéal pour un cadavre.

— Je ne veux pas aller là-dedans, insistai-je.

Il me souleva plus haut, jusqu'à ce que les pointes de ses cheveux m'effleurent la joue.

— Je ferais ça pour toi si possible, chuchota-t-il si bas que je dus tendre l'oreille pour le comprendre. Je ferais tout pour toi. Je sais que ça paraît... fou pour toi, mais j'explique plus tard. Quand toi guérie. Chut maintenant. C'est bientôt fini.

Je le dévisageai, sans voix. Il se comportait comme s'il me connaissait. Plus que ça. On ne dit pas ce genre de chose à une simple connaissance, si ? Ce type était fou. Peut-être me confondait-il avec quelqu'un d'autre.

Non, tout ceci n'était pas réel. Ce n'était que le fruit de mon imagination. C'était donc inutile de me lancer dans des interprétations. Tout finirait par s'estomper et je serais à nouveau dans ce champ boueux et pluvieux à la périphérie de Glasgow. Ou peut-être que j'étais déjà à l'hôpital à l'heure qu'il était. Impossible de le savoir.

— Quelques clics, pas plus longtemps si blessure petite, me rassura-t-il avant de me descendre avec précaution dans le cercueil.

Le cuir rouge était moelleux contre mes vêtements mouillés, mais il se durcit instantanément autour de ma cheville blessée. Je pestai de douleur, tentai de me redresser, mais le couvercle était déjà en train de se refermer. Une petite fenêtre circulaire me permettait de voir l'alien bleu. Il me regardait, les yeux empreints de regret et de culpabilité. Ce qui ne me rassurait pas le moins du monde. Qu'allait me faire cette machine ?

Je martelai le couvercle à pleines mains.

— Laissez-moi sortir !

Le cercueil avala mes paroles. Je doutais qu'ils puissent m'entendre de l'extérieur.

— Michelle ! Laisse-moi sortir !

Je ne la voyais pas à travers la petite fenêtre. Je ne voyais que lui. L'alien bleu aux yeux tristes.

Le cercueil commença à vibrer légèrement. Simultanément, une vague de chaleur effleura mon corps. Mes vêtements, trempés et collés à ma peau, séchèrent en quelques secondes. Un grondement sourd se fit entendre en dessous de moi, suivi de nouvelles vibrations autour de mon pied blessé. Il n'y avait pas assez de place pour que je puisse me redresser et voir ce qui se passait. Tout ce que je pouvais faire, c'était rester allongée et attendre que ça passe.

Après quelques minutes, une nouvelle sensation m'empêcha de m'endormir. Mon pied était entouré d'eau glacée, qui s'écrasait par vagues successives contre ma peau. Je serrai les dents, tâchant de ne pas hurler de douleur. L'alien avait dit que cette machine soulagerait ma douleur. À cet instant, j'avais plutôt l'impression qu'elle voulait me torturer. Encore une fois, je tentai d'ouvrir le couvercle de force. La fenêtre était embuée, mais à travers la brume, j'arrivais encore à distinguer l'alien. Il était toujours là, en train de m'observer.

— Tu as menti ! criai-je à son encontre, même si je savais pertinemment qu'il ne pouvait pas m'entendre. Ça fait mal !

Ses lèvres bougèrent, mais ses paroles étaient inaudibles. Les vagues glaciales continuaient de s'abattre sur mon pied, mais le froid engourdissait suffisamment ma cheville pour atténuer la douleur à présent. Épuisée, j'essayai à nouveau de me détendre contre le matelas moelleux. De l'air chaud soufflait sur mon visage, telle une brise par une journée ensoleillée. Je me forçai à fermer les yeux. Si je parvenais à m'endormir, tout ceci prendrait fin beaucoup plus vite. Je pourrais même me réveiller dans la réalité. Sans aliens. Sans cercueils métalliques qui transformaient mon pied en bloc de glace.

Mais à mon réveil, l'alien était toujours là. Et il était furieux.

— Ta machine a changé la couleur de ses cheveux !

6

BIRᛀᛏRᛉᛌ

Rune

Qu'est-ce que Klav avait fait ? J'avais envie de l'étrangler. Il était notre médecin officieux. Il était censé savoir si nos med-pods étaient compatibles avec les Péritens. D'abord, la sédation n'avait pas fonctionné correctement. Ma compagne avait souffert. Il avait fallu à Klav plusieurs clics pour trouver le bon réglage. Je pensais que tout allait bien. L'écran du med-pod nous avait montré un scan de ses os, désormais complètement guéris, ainsi qu'une analyse complète de son état physique. Elle était globalement en bonne santé, mis à part quelques déséquilibres nutritionnels que la machine avait corrigés automatiquement. À la suggestion de Klav, elle lui avait également installé un implant traducteur. Même si ma maîtrise de leur langue était devenue suffisante, ça rendrait la communication plus fluide avec les Vikingar qui n'avaient pas pris la peine d'apprendre la langue. Même si elle n'avait aucune raison de parler à d'autres mâles. Dorénavant, je ne la quitterais plus des yeux. Une fois certain qu'elle était complètement rétablie, je la prendrais, faisant d'elle officiellement ma compagne. Elle emménagerait avec moi et nous vivrions heureux pour toujours. Je n'avais aucune raison de croire que ça se passerait autrement.

Mais d'abord, il fallait que je m'occupe de ses cheveux. Ils étaient d'un jaune pâle quand je l'avais allongée dans le med-pod, mais ils étaient bleus à présent, d'une teinte plus vive que la mienne, mais néanmoins très bleus.

— Tu étais censé régler tous les paramètres sur « Périten » ! lui hurlai-je dessus tandis qu'il faisait frénétiquement défiler les paramètres du med-pod. Tu as dû faire une erreur !

— Je n'ai fait aucune erreur. Je te le jure. Il n'y a rien ici qui aurait dû changer quoi que ce soit à ses cheveux. Pourquoi en aurait-il été autrement ? Les cheveux ne sont pas une partie essentielle de l'anatomie péritenne. Le med-pod n'aurait pas dû y toucher du tout. Je suis incapable d'expliquer ce qui s'est passé.

Klav était essoufflé, aussi anxieux que je l'étais. Si le med-pod avait changé la couleur de ses cheveux, qu'avait-il fait d'autre ? Et s'il avait altéré ses organes ? Et si ça l'avait blessée davantage qu'il ne l'avait aidée ?

— C'est quoi le problème avec mes cheveux ? marmonna la femelle d'une voix endormie. Oh ! La perruque. Elle a disparu.

— La perruque ? grondai-je. Explique !

— D'abord, explique-moi pourquoi ton accent a disparu. Pourquoi tu parles si parfaitement ma langue ?

Je grognai à voix basse. Elle me défiait. Ça me plaisait.

— On t'a mis un implant traducteur. Avant, j'utilisais mes compétences linguistiques rudimentaires. Maintenant, je parle ma langue maternelle et l'implant traduit pour toi. Ça facilite la communication, alors je me suis dit que tu aimerais avoir un implant.

— Tu t'es dit que j'aimerais ? répéta-t-elle. Tu m'as posé un implant parce que tu pensais que ça me plairait ? Mais qu'est-ce que c'est que ce bordel ! Si c'était réel, je te dénoncerais à la police pour ça. Mais comme ça ne l'est pas…

— C'est réel, l'interrompit Michelle en se précipitant vers nous.

Elle était en train de parler à sa patronne via son appareil de communication primitif.

— Laurel, je suis désolée que tu n'aies pas pu découvrir progressivement la vérité comme les autres, mais c'est trop tard maintenant. Je te promets que ces gars sont réels. Tout comme le vaisseau spatial sur lequel nous sommes en ce moment. Ça t'aiderait de voir la vue ?

Je la foudroyai du regard.

— Non. Pas maintenant. D'abord, je veux savoir pour les cheveux. Si ma compagne est en danger, je dois le savoir.

À ma surprise, ma petite compagne explosa comme un volcan.

— Putain, mais c'était une perruque ! Votre machine bizarre l'a dissoute. Mes cheveux sont comme ça depuis le début. Maintenant, arrêtez tout ça avant que je sois obligée de me faire interner en hôpital psychiatrique !

— Qu'est-ce que c'est, une perruque ? demanda Klav avant que j'aie le temps de poser la même question.

Michelle soupira.

— Des faux cheveux, en gros. Les gens les portent pour différentes raisons, parfois parce qu'ils n'ont plus de cheveux ou parce qu'ils sont en train de les perdre à cause d'une maladie.

J'eus le souffle coupé.

— Ma compagne est malade ?

— Non. Je n'aimais plus avoir les cheveux bleus, c'est tout, marmonna ma moitié.

Elle semblait fatiguée. Ce n'était pas surprenant, étant donné que le processus de guérison lui avait pris beaucoup d'énergie. Elle avait besoin de dormir.

Je la sortis du med-pod et m'éloignai en toute hâte, en ignorant les cris qui résonnaient derrière moi. Normalement, elle aurait dû séjourner dans une cabine à bord du *Valkyr* en attendant notre première rencontre. Étant donné que nous nous étions déjà rencontrés, il n'y avait aucune raison pour qu'elle rejoigne les autres femelles. Elle pouvait rester avec moi.

Je courus jusqu'à ma cabine aussi vite que possible, en tâchant de rendre le trajet le plus confortable possible pour ma compagne. Elle se tortilla dans mes bras, en exigeant faiblement que je la pose par terre, mais elle ne savait pas ce qu'elle disait. Elle était fatiguée, confuse. Évidemment qu'elle voulait être avec moi, son âme sœur. Une fois qu'elle aurait bien dormi, elle reprendrait ses esprits.

Je poussai un soupir de soulagement quand la porte coulissante de ma cabine se referma derrière nous. Ce n'était pas ainsi que j'avais imaginé notre première rencontre. J'avais espéré que nous serions seuls. Errik, le capitaine par intérim du *Valkyr*, avait rencontré sa compagne au cours de ce que les Péritens appelaient un dîner aux chandelles. Il lui avait même apporté des plantes qu'il avait cueillies sur sa planète. Ça m'avait semblé très romantique, même si je ne comprenais pas bien l'intérêt des chandelles ou des plantes. Mais après avoir vécu dans l'espace, pillé les vaisseaux d'autres espèces pendant plus de deux décennies, j'avais appris que toutes les espèces aliens avaient leurs propres coutumes, aussi étranges soient-elles. Il ne servait à rien d'essayer de leur dire que ça n'avait pas de sens ou qu'elles étaient basées sur des superstitions absurdes. Ils croyaient en leurs petits rituels et tant mieux pour eux.

— Pose-moi par terre ! exigea ma compagne.

Comment Michelle l'avait-elle appelée ? Laura ?

— Ne te débats pas, Laura, je ne veux pas que tu te blesses.

— Laurel ! siffla-t-elle. Et la seule raison pour laquelle je me suis blessée, c'est parce que...

— Parce que je n'étais pas là, complétai-je d'un ton grave. Et j'en suis sincèrement désolé. Je n'aurais pas dû écouter Njal et les autres. J'aurais dû savoir ce qui était le mieux pour ma compagne. Mais on en parlera demain. Il faut que tu dormes. Le med-pod a guéri tes os cassés, mais il a puisé dans l'énergie de ton corps pour le faire. Tu seras faible pendant quelques jours. Mais ne t'inquiète pas, je veillerai sur toi à chaque instant. Il ne t'arrivera aucun mal.

Elle me regarda comme si j'avais soudain une deuxième tête.

— Tout ce que tu viens de dire n'a aucun sens. Maintenant pose-moi par terre !

Je la déposai doucement sur mon lit. Elle paraissait minuscule sur ce matelas assez grand pour accueillir deux guerriers vikingar. J'en étais ravi. Une fois que je la rejoindrais, je n'aurais pas trop à m'inquiéter de l'écraser pendant mon sommeil.

Je me souvins que les Péritennes aimaient se lover dans une couverture pour dormir.

— *Huginn*, il me faut deux couvertures.

— Affirmatif, répondit instantanément la voix froide du vaisseau.

Un éclair de lumière bleue s'ensuivit, puis deux épaisses couvertures apparurent au pied du lit.

— C'est magique ! s'exclama Laurel. Ou c'est juste une autre hallucination ? Je ne sais même plus.

Je déployai l'une des couvertures sur elle, la couvrant jusqu'au menton.

— Dors, lui dis-je d'une voix douce. Je veillerai sur toi. Dors et récupère tes forces.

Elle semblait vouloir protester et se redresser, mais la fatigue était en train de prendre le dessus. Ses paupières se fermèrent en papillonnant. Avec le sourire, je la regardai s'endormir, sa respiration devint plus régulière et son froncement de sourcils laissa place à de la peau lisse. Maintenant qu'elle ne me fusillait plus du regard, je pouvais l'observer correctement pour la première fois. Ses cheveux bleus, plus courts que les faux cheveux jaunes, lui arrivaient juste en dessous des oreilles. J'adorais cette couleur. Sa peau n'était pas bleue comme la mienne, mais au moins ses cheveux l'étaient. Néanmoins, ses longs cils étaient bruns, ce qui ajoutait à ma confusion. Est-ce que ma compagne était comme ces animaux péritens qui pouvaient changer de couleur ? Ce qui expliquerait aussi pourquoi ses ongles étaient rouge vif. De petits points étaient peints sur son nez et ses joues. De la peinture de guerre ? Un signe tribal ? Il faudrait que je lui pose la question le lendemain. Clairement, je ne savais pas autant de choses sur les Péritens que je le pensais.

Mon communicateur vibra au moment où l'écran de ma cabine s'allumait.

— Dehors ! chuchotai-je à l'image du capitaine Njal, avant de sortir précipitamment de la pièce en jetant un dernier regard à ma compagne endormie.

La cabine voisine était vide, alors j'y entrai en laissant la porte ouverte, pour entendre si quelqu'un approchait. J'avais promis à ma compagne de la surveiller. Par précaution, j'allumai la caméra dans ma cabine et divisai l'écran en deux : d'un côté ma compagne, de l'autre Njal et Steff, sa femelle.

— Que se passe-t-il ? demanda Njal, le visage grave. Klav m'a contacté, mais je veux entendre ta version des faits.

— Ma compagne s'est blessée en marchant vers la navette, et je l'ai téléportée à bord du *Huginn*, rapportai-je.

Je ne laissai pas transparaître combien j'étais agacé par leur interruption. Njal était toujours mon capitaine, même s'il était actuellement en congé pour s'occuper de sa compagne en gestation.

— Et ça nécessitait que tu l'emmènes dans ta cabine ? demanda Steff d'un ton ironique. Ça va à l'encontre de toutes les règles, Rune. Tu devrais l'envoyer sur le *Valkyr* pour qu'elle soit avec les autres femmes.

— Non ! m'écriai-je avant de plaquer mes mains sur ma bouche.

Je ne voulais pas réveiller ma compagne.

— C'est trop tard, soupira Njal. Klav m'a dit qu'il avait des symptômes du fýst. Si on les sépare maintenant, on aura bientôt affaire à un berserkr enragé. Je ne pense pas que le *Huginn* soit conçu pour résister à ça.

C'était une surprise pour moi.

— Des symptômes ? Quels symptômes ? Je me sens bien.

— Tu es obsédé par elle. Tu l'as séparée de tout le monde. Et je parie que ta hache nuptiale te fait mal.

— Non, c'est faux.

Ce n'était pas un mensonge. Ma hache nuptiale ne me faisait pas mal à proprement parler, elle me démangeait simplement. J'avais été tellement concentré sur la sécurité de ma compagne que j'avais ignoré cette sensation jusqu'à présent.

— Est-ce que tu bandes ? demanda Njal.

Steff rougit à côté de lui, mais me regarda avec curiosité.

— Oui. Depuis que j'ai appris que j'avais une compagne.

Les yeux de Njal s'arrondirent un instant, puis il reprit son air autoritaire de capitaine.

— C'est tôt. Trop tôt. Est-ce que c'est normal pour les berserkir ? Est-ce que tu le sais ?

— Non. Mais je suis en pleine possession de mes moyens. Ne t'inquiète pas. Si je remarque des symptômes du fýst, je vous en informerai.

— J'aimerais que ce soit aussi simple. Quand j'étais en pleine crise de fýst, je ne m'en suis même pas rendu compte moi-même. J'avais complètement perdu pied avec la réalité. Tu étais là, tu as vu comment j'agissais.

— Oui, tu te battais contre le vide, ajoutai-je inutilement. J'étais l'un des Vikingar qui te retenaient pour t'empêcher de tout casser.

— Et combien d'entre vous me retenaient ?

J'essayai de me rappeler ce jour-là, à l'agence Hot Tatties. J'avais l'impression que ça faisait une éternité.

— Cinq. Puis les Albyens sont venus pour aider.

— Tu comprends maintenant ? Si le fýst te fait complètement disjoncter, il faudra encore plus de guerriers que ça pour te maîtriser. Je ne peux pas me permettre de détacher dix Vikingar pour qu'ils te suivent partout. Et ce serait trop dangereux pour ta compagne. Tu pourrais la blesser accidentellement.

— Jamais je ne ferais ça, protestai-je, même si je savais qu'il avait raison.

Je l'avais vu brandir sa hache comme s'il combattait une armée d'ennemis, sous le regard horrifié de sa compagne. Au bout du compte, elle avait réussi à le ramener à la réalité juste assez longtemps pour qu'ils aient le temps de trouver un endroit où s'accoupler. Néanmoins, ils se connaissaient déjà. Elle était prête à s'accoupler. C'était peut-être arrivé plus tôt qu'elle l'avait imaginé, mais ils avaient passé du temps ensemble. Je fis abstraction du fait que Njal l'avait séquestrée dans notre salle de simulation. Nous avions vécu des moments étranges.

— Tant qu'on n'a aucun moyen de contrôler le fýst, je ne veux pas que tu sois seul avec elle, déclara fermement Steff. Si c'est plus facile d'avoir une autre femme avec vous plutôt qu'un Vikingr, je...

— Je refuse que tu t'approches de lui, rugit Njal.

Steff leva les yeux au ciel à son intention.

— J'allais proposer de demander à l'une des autres humaines à bord du *Huginn*. Si aucune d'entre elles n'est prête à passer du temps loin de son compagnon, quelqu'un à Hot Tatties pourra le faire.

— Et si on veut s'accoupler ? demandai-je. Je ne veux pas avoir de spectateurs.

— Quand vous en arriverez là, bien sûr qu'elles partiront, gloussa Steff. Mais ne t'attends pas à ce qu'elle soit prête pour ça. Elle vient à peine de découvrir que les aliens existent. Elle va être perdue. Je passerai demain pour lui montrer la vidéo de présentation. Ou tu peux le faire, si tu penses qu'elle sera suffisamment calme en ta présence.

— Pourquoi est-ce qu'elle ne serait pas calme ?

Steff rit tout bas.

— Tu as encore beaucoup à apprendre sur les humaines, Rune.

7

BIRNHRYA

Laurel

Je me réveillai avec l'impression qu'un tracteur m'avait roulé dessus pendant mon sommeil. Mes membres étaient lourds et douloureux. Si j'étais accro à la salle de sport, j'aurais supposé que j'avais trop forcé, mais je n'avais vu l'intérieur d'une salle de sport qu'une seule fois, quand une amie m'avait persuadée d'y aller. Je ne lui avais jamais pardonné ça. Je n'aimais pas qu'on me torture, même quand c'était moi qui infligeais la torture à mon propre corps.

Un grand visage bleu apparut dans mon champ de vision, et les souvenirs revinrent à toute vitesse. Je m'étais cassé la cheville. J'avais été enlevée par des extraterrestres. Un immense alien qui sentait l'océan m'avait portée. Et j'avais dormi dans son lit.

L'espace d'un instant, j'eus le sentiment qu'on m'avait téléportée dans un conte de fées, puis je me souvins que j'étais journaliste d'investigation et que je devais tout remettre en question. Ne jamais croire ce qu'on te dit. Tout le monde ment. Et parfois, tes sens te trahissent.

— Comment est-ce que tu te sens ? demanda-t-il d'une voix grave et sensuelle qui aurait dû être signalée par un panneau d'avertissement de danger.

Peut causer une détresse ovarienne.

Il était tellement bleu. De près, ses traits étaient moins humains que je ne l'avais cru. Les angles de son visage n'étaient pas tout à fait comme ils auraient dû l'être. Trop bruts, trop ciselés. Ses dents étaient d'un rose saisissant, ce qui contrastait nettement avec sa barbe et sa peau bleu marine. Des cicatrices barraient un côté de son torse, tandis qu'un tatouage runique ornait l'autre. Il avait connu la guerre. La violence. Je n'avais aucun mal à le croire. C'était un homme brutal, aux épaules si larges qu'il aurait du mal à passer une porte normale, même s'il n'était pas assez grand pour se cogner la tête contre l'encadrement. À côté de lui, je me sentais petite. Pourquoi est-ce que ça me plaisait ?

— Est-ce que tu me comprends ? Tu ne peux pas parler ? Est-ce que je dois aller chercher Klav ?

Avec chaque nouvelle question, sa voix devenait plus frénétique.

Le pauvre. Il s'inquiétait vraiment pour moi. Je ne savais pas pourquoi, mais je trouvais ça étrangement adorable.

— Je te comprends.

Je toussai, la gorge aussi sèche qu'un désert.

— Est-ce que tu as de l'eau ?

Il me tendit un pichet entier. Je commençai lentement à m'asseoir, redoutant la douleur dans mes muscles fatigués, mais il était déjà là, à glisser un bras derrière mon dos pour me soutenir. Il s'assit derrière moi sur le lit pour que je puisse m'appuyer contre lui. Sa peau était chaude et son parfum me frappa à nouveau, cette senteur iodée et musquée de la mer. J'aurais plutôt dû insister pour m'appuyer contre le mur, mais j'étais tellement fatiguée. Pas mentalement, juste physiquement.

Je bus à grandes goulées, en prenant conscience après plusieurs gorgées que l'eau avait une saveur étrangement sucrée.

— Qu'est-ce que c'est ? demandai-je avec méfiance.

— Klav a ajouté quelques nutriments essentiels à l'H_2O pour t'aider à récupérer. Ça va t'aider à te sentir mieux.

J'avais envie de l'interroger là-dessus. Je voulais des réponses. Mais je n'avais pas l'énergie pour ça. Je bus encore un peu, puis le laissai reprendre le pichet. J'étais toujours appuyée contre son torse ferme et chaud. J'aurais dû bouger. Me rallonger. Ou mieux encore, courir aussi vite que possible, loin de cet endroit étrange, de cet homme étrange.

— Comment tu te sens ? demanda-t-il à nouveau.

Même sans voir son visage, je pouvais entendre l'inquiétude dans sa voix.

— Je suis fatiguée. Tout mon corps me fait mal. Qu'est-ce que tu m'as fait ?

— Le med-pod a stimulé ton corps pour qu'il guérisse bien plus rapidement que la normale. Ça consomme beaucoup d'énergie. Tu vas devoir manger beaucoup dans les prochains jours, et on m'a dit de te faire boire beaucoup d'H_2O. Si tu en as besoin, Klav m'a donné des antidouleurs pour toi.

— Est-ce que c'est réel, tout ça ? demandai-je d'une voix faible. Je suis censée croire que tu es vraiment un alien et que je ne suis pas en train d'halluciner ?

— Oui. Si ça peut t'aider, il y a une autre Péritenne qui attend dehors pour te rassurer. Elle m'a autorisé à te réveiller seul avant de nous rejoindre. Je ne suis pas censé être seul avec toi.

— Ça... ça fait peur.

— Qu'est-ce qui fait peur ?

— Que tu n'aies pas le droit d'être seul avec moi. Pourquoi ? Est-ce que tu es dangereux ?

Il ricana d'un air sombre.

— Seulement pour mes ennemis. Et tu n'en fais pas partie. Bien au contraire.

Ses yeux devinrent ardents. C'était quoi son truc ? Comment faisait-il pour me faire frissonner de partout rien qu'avec un regard intense ?

Il se figea un instant en entendant un coup à la porte. Puis il se racla la gorge.

— Ta chaperonne commence sûrement à s'inquiéter. *Huginn*, ouvre la porte.

Curieusement, je ne fus pas surprise quand la porte coulissante s'ouvrit pour de vrai. Je commençais à laisser de côté mon esprit constamment sceptique et je prenais les choses comme elles venaient. Je pourrais poser des questions plus tard, une fois réveillée. Une fois que les hallucinations cesseraient. À moins que tout ceci soit réel et que je ne me réveille jamais. Auquel cas, je serais dans le pétrin.

Une grande rousse entra dans la pièce, vêtue d'une combinaison argentée qui ressemblait à un costume de film de science-fiction des années 80. Elle portait de grosses lunettes à monture verte sur un nez couvert de taches de rousseur, presque aussi nombreuses que les miennes.

— Salut, je m'appelle Shona. Steff m'a demandé de m'occuper de toi et de te mettre au parfum. Tu veux que Rune s'en aille ?

Il se raidit, et son torse devint encore plus dur qu'il ne l'était déjà. Est-ce que des muscles venaient de pousser par-dessus ses muscles ?

Je haussai les épaules.

— Ça m'est égal. Ce n'est pas comme s'il était réel.

Shona éclata de rire, sauta sur le lit et s'assit en tailleur en face de moi. Le matelas était si immense qu'il faisait presque la taille de ma chambre chez moi. On pourrait organiser de véritables orgies ici sans que personne ne tombe du lit.

— Ah, tu es dans la phase de déni. Je m'en souviens. C'est quoi ton explication pour tout ça ? Une supercherie élaborée ?

— Des hallucinations, dis-je d'une voix faible.

— C'est un classique. Ne t'inquiète pas, tu n'es pas la seule. Quand l'esprit humain est confronté à quelque chose qu'il ne comprend pas, il essaie de l'intégrer à son cadre de compréhension existant. Comme tu ne croyais pas aux aliens avant d'arriver ici, ton esprit cherche désespérément d'autres explications. Je me demande toujours ce qui arriverait si une théoricienne du complot extraterrestre se retrouvait parmi nous. Accepterait-elle tout de suite ce qu'elle verrait, ou douterait-elle quand même parce que ces aliens ne ressemblent pas à ceux auxquels elle croyait ?

Shona rit à nouveau.

— Désolée, je suis psychologue. Dis-moi de me taire quand j'analyse trop. Bref, comment tu te sens ? Steff m'a dit que tu avais eu un petit accident hier soir.

Je remuai lentement le pied. Il me semblait aussi lourd que le reste de mon corps, mais je ne ressentais aucune douleur, et je pouvais le bouger sans problème.

— Je crois que ça va.

— Excellent. Si c'était une séance de thérapie, je ne me contenterais pas de cette réponse, mais je suis ici pour te montrer une vidéo. Après, on discutera. Ça pourrait répondre à certaines de tes questions.

J'en doutais fortement, mais pour lui faire plaisir, je souris et hochai la tête.

Shona se tourna vers le type derrière moi.

— Rune, tu peux projeter la vidéo de présentation sur l'écran mural ? Je n'ai toujours pas bien compris votre technologie. Je casserais probablement quelque chose.

— C'est impossible de casser quoi que ce soit, marmonna-t-il, mais il s'exécuta néanmoins.

Jusqu'à présent, le mur à ma gauche offrait une vue sur les étoiles. À présent, elle avait disparu au profit du logo de l'agence Hot Tatties, cet affreux cupidon en kilt.

— Il est trop mignon, tu ne trouves pas ? s'extasia Shona.

J'avais envie de vomir.

La voix de Pam retentit des haut-parleurs tout autour de nous :

— Bienvenue à bord du *Valkyr*. Comme c'est votre première fois à bord d'un vaisseau spatial, je suis sûre que vous avez plein de questions. Dans cette courte vidéo, je vais faire de mon mieux pour y répondre. Cependant, vous pouvez toujours poser vos questions à une employée de Hot Tatties à la fin. Tout d'abord, oui, vous êtes dans l'espace. Oui, les extraterrestres existent. Ce vaisseau appartient à une espèce qu'on appelle les Vikingar. Vous les rencontrerez bientôt, mais pour l'instant, vous avez quelques jours devant vous pour vous habituer à la vie dans l'espace. Il y aura une autre vidéo sur les Vikingar, leur culture, leur histoire et les raisons expliquant leur venue sur Terre. Une fois que vous vous sentirez prêtes, vous rencontrerez vos partenaires. Je suis désolée de vous avoir laissé croire qu'ils étaient humains. Ils ne le sont pas. Il s'avère que chacune d'entre vous est compatible avec un Vikingr. Bien que nous soyons des espèces complètement distinctes, des scientifiques ont découvert que nous sommes compatibles sur les plans physique, émotionnel et culturel. Ils possèdent le même marqueur ADN qui nous aide à trouver des âmes sœurs pour vous toutes. Je sais que ça peut être un choc, c'est pourquoi nous avons mis en place cette période préliminaire à bord du *Valkyr*. Certains Vikingar sont à bord pour piloter le vaisseau et s'assurer que tout fonctionne comme prévu, mais ils resteront à l'abri des regards. Nous vous demandons de ne pas tenter de les chercher. Nous voulons que votre partenaire soit le premier Vikingr que vous rencontriez.

— On dirait que ça a plutôt bien marché pour toi, murmura Shona en jetant un coup d'œil à Rune derrière moi.

Je pris conscience que j'étais toujours appuyée contre son torse. De son point de vue, elle devait s'imaginer que j'étais assise sur ses genoux. Argh. Ce n'était pas l'image que je voulais donner. C'était un inconnu. Un inconnu extraterrestre, musclé et bleu.

Attendez une minute. Les aliens existaient.

Je ravalai ma salive. Les aliens existaient.

Et j'en avais la preuve.

Voilà qui ferait décoller ma carrière. Je pourrais prendre quelques photos en douce de Rune, peut-être même une vidéo, puis dévoiler la nouvelle au monde entier. J'allais avoir besoin de plus d'informations d'abord. Quel était leur but ? Comptaient-ils envahir la Terre ? Étaient-ils un danger pour nous tous ?

Je me laissai un jour pour faire des recherches avant de trouver un moyen de rentrer chez moi. Dans le contrat que j'avais signé avec l'agence de rencontres, il était stipulé que je devrais payer les frais encourus si je souhaitais rentrer plus tôt que prévu. Et bien soit. Ma patronne paierait l'addition. Ce serait considéré comme des frais professionnels. Et ça ne lui poserait pas de problème si c'était cher, puisque c'était l'affaire du siècle. Non, du millénaire.

Les aliens existaient. Et c'est moi qui allais le révéler au monde entier.

8

ᛒᛁᚱᛋᛆᚱᚴᛦ

Rune

Je la regardais changer d'avis. C'était un processus observable. Elle y croyait. Elle ne pensait plus que je n'étais qu'un produit de son imagination. J'avais envie de l'embrasser, la serrer dans mes bras, la posséder, mais je savais que ce n'était pas le moment. Pas tant que notre chaperonne serait là. Steff m'avait expliqué le concept de chaperon. C'était une très ancienne coutume péritenne. Shona était une femelle avec laquelle je n'avais pas eu beaucoup d'échanges, mais son compagnon avait été le seul Vikingr à accepter que sa compagne soit seule avec Laurel et moi. Je savais qu'il était tout près, juste au bout du couloir, mais c'était un signe de confiance qu'il n'insiste pas pour être dans la même pièce.

Mes amis et équipiers avaient peur de moi. Cette prise de conscience avait été un choc. En tant que berserkr, j'avais toujours été à part, mais je m'étais senti accepté dans l'équipage de Njal. Ils valorisaient mes compétences, et beaucoup admiraient ma force et mes prouesses au combat. Sauf que jusqu'à présent, je n'avais jamais été une menace pour eux. Du jour au lendemain, ma hache nuptiale s'était mise à me faire mal. Ça avait d'abord commencé par une douleur sourde, mais elle se transformait à présent en douleur aiguë. En dessous, mon sexe était dur comme la pierre, et mes testicules menaçaient d'exploser. Le fait que ma compagne soit assise sur mes genoux n'arrangeait rien. Son parfum me chatouillait le nez, un mélange sucré et épicé qui m'évoquait quelque chose que je n'arrivais pas tout à fait à identifier.

Pendant que Laurel et Shona continuaient à regarder la vidéo, je me concentrais simplement sur l'effet que me faisaient son contact, son odeur, le son de sa voix.

Ma compagne. C'était elle, ma compagne. La seule et unique femelle que les Dieux avaient créée pour moi. Et moi pour elle. Il n'existait aucune autre femelle aussi parfaite pour moi que Laurel. Je ne la connaissais pas encore, mais je sentais déjà le lien entre nous. Pas seulement sur le plan physique – ma hache nuptiale palpita à cette pensée – mais aussi sur le plan émotionnel. J'avais l'impression de l'avoir déjà rencontrée, comme une connaissance que j'aurais perdue depuis longtemps.

Les autres mâles en couple avaient raconté la même chose. « C'est comme trouver quelqu'un dont tu as rêvé chaque nuit de ta vie », m'avait expliqué Errik un jour. À l'époque, je m'étais moqué de lui, jugeant que ses propos n'étaient pas ceux d'un guerrier, mais je comprenais à présent. Je le ressentais dans mon cœur douloureux. Sentir Laurel appuyée contre moi ne me suffisait pas. J'avais envie de la toucher davantage, d'explorer son corps et son esprit, de faire d'elle ma compagne. Ceci dit, me rappelai-je, nous allions passer le reste de nos vies ensemble. Je pouvais me retenir encore quelques heures. Quelques jours, si elle résistait comme certaines

Péritennes. C'était toujours difficile à prévoir. Certaines des plus timides étaient les plus rapides à accepter de s'accoupler avec leur mâle, tandis que celles qui semblaient courageuses et pleines d'assurance mettaient parfois une éternité à se décider.

Une autre émanation de son parfum remonta jusqu'à mes narines. J'inspirai profondément, savourant ce parfum.

— Est-ce que tu es en train de me renifler ? demanda Laurel en se raidissant contre moi.

Shona se retint de rire.

— Ne t'inquiète pas, c'est normal. Leurs sens sont plus développés que les nôtres.

— Est-ce que ça veut dire qu'il peut sentir... laisse tomber.

Je les laissai parler comme si je n'étais pas dans la pièce. Ça me convenait. Je voulais observer Laurel, voir comment elle interagissait avec un autre individu de son espèce. Je pouvais en tirer des leçons et m'assurer qu'elle interagissait de la même manière avec moi. Si ce n'était pas le cas, ça voulait dire que quelque chose n'allait pas et devait être corrigé.

Côte à côte, Shona et Laurel étaient si différentes que c'était difficile de croire qu'elles appartenaient à la même espèce. Nous, les Vikingar, n'étions pas aussi différents que les Péritens. Nous avions tous les cheveux bleus, la peau bleue, des barbes bleues (seulement les mâles). Les nuances variaient du bleu clair au presque noir, mais c'était toujours la même couleur.

Shona avait de longs cheveux roux tandis que Laurel arborait une crinière bleue plus courte. Shona portait un dispositif optique sur le nez, mais pas Laurel. Shona était grande et mince, tandis que Laurel était un peu plus petite et beaucoup plus ronde. J'aimais ses formes. Il n'y avait pas d'angles aigus, seulement des courbes douces. Je pouvais tenir cette femelle dans mes bras sans risquer de me blesser avec des coudes pointus.

Leur manière de parler était également différente. Shona utilisait beaucoup de sons étranges au milieu de ses phrases, des « euh » et des « hum ». Laurel ne faisait pas ça. Elle ne semblait jamais hésiter quand elle parlait, chaque phrase étant à l'image de sa perfection.

Pourquoi est-ce que j'analysais la façon de parler de ma compagne ? Était-ce à cause du fýst ? Est-ce que je devenais trop obsédé par elle ? Non, c'était sûrement dans les limites de la normalité. J'étais simplement intéressé par elle, par tout ce qui la concernait, de son élocution à ses seins plantureux à peine dissimulés de l'angle où j'étais. Elle portait un haut léger, tenu par seulement deux fines bretelles. Le tissu lui moulait la peau, ne laissant rien à l'imagination, et le décolleté était si révélateur que je pouvais y plonger le regard. J'avais envie d'empoigner ces seins, de les serrer, la faire gémir.

Plus tard.

J'allais devoir demander à Njal et Errik comment ils faisaient pour rester patients. J'avais envie de mettre Laurel sur le dos et de la prendre sauvagement.

Une douleur vive me traversa le bas-ventre. Ma hache nuptiale était en train de changer de forme. Elle était restée endormie toute ma vie, et ne s'activait que maintenant que j'avais rencontré mon âme sœur. Elle prendrait la forme la plus adaptée pour lui procurer du plaisir. Aucune hache nuptiale ne se ressemblait, pas même quand les âmes sœurs étaient de la même espèce. C'était un organe unique et personnel que seule ma compagne verrait – et sentirait.

Je me rendis compte que les deux femelles étaient au milieu d'une conversation. Trop focalisé sur mes propres besoins, j'avais complètement décroché. Il fallait que je me concentre. J'en apprendrais plus sur elle si j'écoutais. Notre accouplement arriverait ainsi plus rapidement.

— Est-ce que tu as faim ? demandai-je, interrompant ainsi leur bavardage. Est-ce que tu as besoin d'autre chose ? Plus d'H2O ? D'autres vêtements ? Un bain ?

— Il passe en mode compagnon protecteur à fond, gloussa Shona. Ils sont tellement adorables quand ils font ça. Le mien me demande vingt fois par jour si j'ai besoin de manger. Ils pensent tous que les humains vont mourir de faim s'ils ne sont pas nourris régulièrement.

— C'est parce que c'est vrai, insistai-je. Les Vikingar peuvent se passer de nourriture pendant des semaines si nécessaire. Ça remonte à l'époque où on se faisait encore la guerre sur notre planète et où on assiégeait les colonies des autres. C'est devenu inutile d'un point de vue évolutif maintenant que notre espèce voyage dans l'espace depuis plusieurs générations.

— Les humains peuvent aussi survivre sans manger pendant des semaines, insista Laurel. Mais tu as raison, on meurt si on ne boit pas assez d'eau. Et oui, je mangerais bien un morceau.

Je me mis en action et j'ordonnai au *Huginn* de servir mes plats préférés, ainsi que les repas péritens les plus demandés.

— Arrête, on ne pourra jamais manger tout ça, dit Shona après un moment.

Je remarquai que ma compagne tremblait contre moi. Était-elle malade ? Était-elle déjà en train de mourir de faim ?

— Qu'est-ce qui ne va pas ? demandai-je vivement, luttant contre l'envie de la retourner pour voir son visage.

— Rien.

On aurait dit qu'elle s'étranglait. Je ne pus me retenir plus longtemps. Je la retournai pour la prendre dans mes bras et l'inspectai pour voir ce qui avait pu causer ses tremblements. Ses lèvres étaient serrées, légèrement relevées aux extrémités. On aurait dit qu'elle essayait de ne pas exploser. Était-elle en train de...

— Tu ris ! m'exclamai-je, à la fois soulagé et gêné.

— Bien sûr que je ris. Tu viens de commander trente plats différents parce que j'ai dit que j'avais faim. Tu t'attendais à quoi d'autre ?

— Je veux te donner le choix, me défendis-je. Tu es ma compagne. Je dois m'assurer que tu es heureuse.

Son sourire vacilla un instant. Avais-je dit quelque chose de mal ?

Avoir une compagne, c'était plus difficile que ce que tout le monde prétendait. Il fallait faire attention à tellement de choses. Il y avait tant d'occasions de se tromper.

Un éclair de lumière vive fut le seul avertissement que nous reçûmes avant que des dizaines de bols et d'assiettes se matérialisent sur le matelas. Je réussis de justesse à empêcher un bol de soupe de gráðar læ de se renverser.

Peut-être que j'avais un peu exagéré. Il faudrait la moitié de l'équipage pour manger toute la nourriture que j'avais commandée. Mais bien sûr, hors de question de l'admettre devant ma compagne. Il ne me restait plus qu'à manger tout ce que je pouvais.

Une heure IG plus tard, je pouvais à peine bouger. Laurel et Shona avaient arrêté de manger depuis longtemps, se contentant de picorer quelques bricoles de temps en temps. J'avais vidé quatre assiettes, trois bols, deux plateaux, et je luttais maintenant pour finir une part de gâteau matr. Elle me paraissait énorme. Je n'arriverais jamais à la finir. Mais j'étais un berserkr. « Jamais » ne faisait pas partie de mon vocabulaire. Alors je continuai à me battre, une bouchée après l'autre, sous le regard moqueur des femmes.

— Est-ce que c'est le moment de lui dire « je te l'avais bien dit » ? demanda Laurel.

Shona ricana.

— Carrément. Rune, tu abandonnes ?

— Non, grognai-je sur un ton de défi. Je n'abandonne jamais.

— Alors je suis désolée pour ce que je vais faire.

Shona sortit un communicateur et tapa quelque chose en écriture péritenne. Je ne savais pas le lire sans traduction automatique, mais une demi-seconde plus tard, son compagnon fit irruption dans la cabine. Des bruits de pas résonnèrent dans le couloir, annonçant l'arrivée d'autres visiteurs. Des bottes lourdes. Des Vikingar. Elle avait invité d'autres mâles à venir dans ma chambre.

La colère faisait rage en moi. Mes muscles se tendirent, prêts à défendre ma compagne.

— On a commandé un buffet, annonça joyeusement Shona, alors que de plus en plus de Vikingar s'entassaient dans ma cabine.

Elle m'avait semblé grande quand j'y avais emménagé, mais je m'y sentais extrêmement à l'étroit à présent.

La rage me faisait trembler. Je serrai Laurel contre ma poitrine, ignorant ses protestations stridentes. Deux autres mâles entrèrent dans la pièce, et se mirent à manger immédiatement. Je ne pouvais plus le supporter. Je pris ma compagne et courus.

9

BIRNᛏRᛕᛏ

Laurel

C'était un fou furieux. Un homme des cavernes. Un extraterrestre complètement cinglé.

Il me serrait si fort contre sa poitrine que ça me faisait mal. Même si j'avais eu toutes mes forces – ce qui n'était pas le cas, mes membres étant encore lourds – je n'aurais eu aucune chance face à son étreinte. Cet homme était une machine, un ogre, un...

Nous nous arrêtâmes enfin dans une pièce vide plongée dans l'obscurité. Elle ne semblait contenir aucun meuble.

Même lorsque la porte coulissante se referma derrière nous, il ne me lâcha pas. Rune respirait bruyamment, et je doutais que ce soit uniquement parce qu'il avait couru jusqu'ici à une vitesse folle en me portant dans ses bras. Il restait planté là, à me porter sans rien dire. Son souffle lourd était le seul bruit audible.

Je cherchais quelque chose à dire. Je ne savais même pas exactement ce qui l'avait fait réagir ainsi. Était-ce un comportement normal pour un extraterrestre ou était-il différent ?

Étrangement, je ne me sentais pas en danger en sa présence. Au contraire. J'aimais réellement être blottie contre sa poitrine. La dernière fois que quelqu'un m'avait portée, c'était pendant l'enfance. Même si je ne lui aurais jamais avoué, ni à lui ni à personne d'autre. J'étais une femme forte et indépendante qui avait toujours fait passer sa carrière en premier, et c'est ce que j'allais faire à nouveau. Je ne devais pas trop m'attacher à Rune. Il avait beau être intéressant, l'histoire était plus importante.

Elle pourrait changer la vie des gens. Les extraterrestres existaient et étaient en orbite autour de notre planète. Est-ce que ça provoquerait de la panique ? Ou au contraire, des réjouissances ? Quoi qu'il en soit, je serais sur le terrain pour couvrir les répercussions. Et j'étais prête à parier qu'une fois les premières photos publiées, l'agence Hot Tatties serait submergée de femmes désespérées de se trouver leur propre alien baraqué.

L'extraterrestre qui me portait enfouit son visage dans mes cheveux et me renifla. Quel mec bizarre.

— Tu peux me lâcher maintenant, dis-je à voix basse, un peu inquiète de le mettre en colère à nouveau.

— Non, grogna-t-il d'une voix si grave que je la sentis vibrer contre mon corps.

— Bon, d'accord. Autant se mettre à l'aise ici, alors.

Je tentai de minimiser le fait qu'un extraterrestre me retenait désormais captive. Encore de la matière pour mon article, me dis-je.

— Est-ce que tu pourrais au moins allumer ?

Il grommela quelque chose, et la pièce s'illumina quelque peu. Elle était aussi vide que je l'avais supposé au premier coup d'œil, sans même un seul grain de poussière pour détourner le regard du sol et des murs bleu layette. Est-ce que cette pièce était peinte en bleu pour s'accorder avec les Vikingar, ou s'agissait-il juste d'une coïncidence ?

— Est-ce que tous tes semblables sont bleus ? lâchai-je.

Avant que Rune ne m'emmène brusquement, je n'avais eu qu'un bref aperçu des aliens qui s'étaient précipités vers le buffet improvisé.

— Oui.

OK, nous en étions réduits à parler en phrases composées d'un seul mot. Qu'est-ce qui clochait chez ce type ?

— Est-ce que vous vous teignez les cheveux parfois ?

— Non.

— Vous vous rasez la barbe de temps en temps ?

— Non.

Il fallait que je pose des questions ouvertes. Même si j'étais prête à parier qu'il trouverait également le moyen d'y répondre avec un seul mot.

— Pourquoi tu ne me poses pas par terre ?

Il ne répondit pas du tout.

— On va juste rester plantés là dans le silence ?

— On pourrait s'accoupler.

Enfin ! Mais ce n'était pas la réponse que j'attendais.

— S'accoupler ? demandai-je pour être sûre d'avoir bien compris.

Il me regarda comme s'il hésitait à décider si j'étais idiote ou simplement dure de la feuille.

— S'accoupler. Te prendre. Baiser. Se reproduire. Enfoncer ma...

La chaleur me monta aux joues.

— Oui, j'ai compris. Merci. Pas besoin de descriptions vulgaires.

— Ce n'est pas vulgaire quand c'est vrai.

S'agissait-il d'une blague ? Ses lèvres se courbèrent légèrement, ce qui le rendait un peu plus amical.

— Tu en as envie ? demanda-t-il.

— Non. Je ne te connais pas. Je suis trop vieille pour coucher avec des inconnus.

— Coucher ? Je ne veux pas dormir, précisa Rune. Une fois qu'on aura commencé, on ne va pas dormir pendant longtemps.

Hum, il avait clairement une haute opinion de lui-même. La vidéo de présentation n'avait fait que mentionner la compatibilité entre Vikingar et humaines, mais Shona avait mentionné qu'une femme était déjà tombée enceinte. Note pour moi-même : si jamais je couchais avec un alien, utiliser une contraception. À quoi ressemblerait le bébé ? Serait-il bleu ? Humain ? Si c'était un garçon, naîtrait-il avec une barbe ?

Un bruit étrange, similaire à celui d'un téléphone qui vibre, brisa le silence. Rune grogna d'agacement, mais ne bougea pas d'un pouce. Ce qui me rappelait : où était mon téléphone ? La dernière fois que je l'avais utilisé, c'était pour envoyer un texto à Nicole, mais ça s'était passé dans ce champ boueux sur Terre. Puis une lumière aveuglante avait liquéfié le décor, à moins que ce soit moi qu'elle ait liquéfiée, et quand j'avais rouvert les yeux, j'étais sur ce vaisseau spatial. Mon téléphone avait-il glissé de ma main ? Je tapotai les poches de mon jean, et me rappelai que je portais une jupe. Pourquoi les jupes n'avaient-elles pas de poches ? C'était un défaut de conception si évident que quelqu'un aurait dû y remédier depuis longtemps.

Restait mon sac à main, mais lui aussi avait disparu. Merde. Comment allais-je prendre des preuves photographiques de tout ceci sans mon téléphone ? J'avais envisagé de prendre un appareil photo numérique, mais ça aurait peut-être éveillé les soupçons. À l'ère des smartphones, qui utilisait encore des appareils photo, à part les photographes et les journalistes ?

Merde, merde, merde. Peut-être que l'une des autres femmes avait encore son téléphone. J'allais devoir trouver une bonne raison pour leur demander de prendre des photos et de me les envoyer, mais j'allais bien trouver quelque chose. Ça signifiait qu'il fallait que je persuade Rune de me ramener auprès de Shona, ou des femmes avec qui j'avais voyagé dans la fourgonnette.

Le bruit de vibration revint. Rune ne réagit pas. Je souris pour moi-même. Je faisais parfois la même chose quand ma patronne m'appelait pour me harceler à propos d'une échéance.

L'alien resta silencieux, mais quand son regard croisa le mien, un sourire en coin étira ses lèvres. Elles avaient une légère teinte violette qui contrastait avec le bleu marine prononcé de son visage. Sa bouche était fermée, donc je ne pouvais pas voir ses crocs roses. J'allais devoir prendre une photo de ces dents. N'importe qui pouvait se peindre en bleu et se laisser pousser beaucoup de poils — même si peu d'humains étaient capables d'atteindre le niveau de musculature de Rune – mais les dents étaient plus difficiles à contrefaire.

— Tu mords ? demandai-je avant de parvenir à m'en empêcher.

— Est-ce que je mords ?

— Tu as des crocs. Tu les utilises pour mordre ? Tu bois du sang ?

Il ricana.

— Bien sûr que non. Les Vikingar ne mordent qu'une seule fois dans leur vie, au moment de consommer leur brullaup. Un mariage, comme Holly l'appelle. Son brullaup avec Errik était le tout premier. C'était un beau festin. Beaucoup de bière.

— Donc pendant le mariage, tu vas mordre ta mariée ?

— Non. C'est toi que je vais mordre.

Ah oui, c'est vrai. Il pensait toujours que j'allais rester et devenir son âme sœur. Désolée, mon chou, ma carrière passait en premier. Mais peut-être que je pourrais revenir, une fois que l'histoire serait arrivée à son terme. À supposer que Rune veuille encore de moi à ce moment-là. Peu probable. Je doutais qu'ils souhaitent que leur existence soit révélée.

— Combien d'humains sur Terre connaissent votre existence ? lui demandai-je innocemment. Les gouvernements ? Les scientifiques ?

— Seulement les femmes de l'agence Hot Tatties. Et quelques Péritens qui ont été enlevés par d'autres espèces dans le passé. Mais...

— Attends une minute, il y a d'autres extraterrestres ? Combien ? Est-ce qu'ils ont enlevé beaucoup d'humains ? Est-ce que ça veut dire que certains théoriciens du complot avaient peut-être raison ?

— Il n'y a pas de chiffre exact, à ma connaissance. À ce jour, un peu moins d'une centaine d'espèces d'êtres sensibles font partie de l'Autorité intergalactique. Il y en a beaucoup d'autres répertoriées dans la base de données de l'Université intergalactique, mais ce n'est pas toujours clair si elles remplissent tous les critères pour être classées comme êtres sensibles. Seules les espèces capables de voyager dans l'espace font partie de l'AIG.

— Ça veut dire que les humains en sont aussi membres ?

Il lâcha un petit rire.

— Vous êtes allés jusqu'à votre propre lune. Ça ne compte pas.

J'avais envie de défendre l'humanité, mais il avait raison. Comparée à la technologie extraterrestre, dont je n'avais eu qu'un aperçu sur ce vaisseau, mon espèce allait avoir besoin de beaucoup de temps pour rattraper son retard.

Les vibrations recommencèrent. Rune poussa un grand soupir et fouilla dans sa poche, en continuant de me porter avec son autre bras. Une seconde plus tard, un écran apparut sur l'un des murs, dévoilant une femme humaine aux côtés d'un immense Vikingr. Je la reconnus grâce à mes recherches. C'était Steff, la copropriétaire de l'agence de rencontres.

— Rune, qu'est-ce que tu fais ? le réprimanda le Vikingr. On en a déjà parlé. Tu dois être sous surveillance. Où est-ce que tu es ?

— Je te le dirai pas.

On aurait dit un enfant rebelle, mais je le soutenais intérieurement.

— Je peux te localiser sans aucun problème. Je voulais juste te laisser une chance. C'est dangereux d'être seul avec ta compagne. Est-ce que tes symptômes s'aggravent ?

Quels symptômes ?

— Je vais bien, grogna-t-il d'un ton bourru. Laissez-nous tranquilles.

— On ne peut pas faire ça, pas tant que tu représentes un risque pour ce vaisseau.

— Attendez une minute, les interrompis-je. Qu'est-ce qui se passe ici ? Personne ne m'a rien expliqué.

Steff soupira. On aurait dit une mère exaspérée.

— Rune, pourquoi tu ne le lui as pas dit ?

Rune eut la décence de prendre un air coupable.

— Ce n'est pas important.

L'expression de l'autre Vikingr devint glaciale.

— Le fýst est peut-être un aspect naturel de la vie de chaque Vikingr mâle, mais il ne doit pas être sous-estimé, surtout chez les berserkir. Bonjour, Laurel, je suis Njal, le capitaine de ces vaisseaux. Rune souffre du fýst, un fort désir pour sa compagne. Ça ne fera que s'intensifier, et comme c'est différent pour chaque Vikingr, on ne sait pas combien de temps il lui reste avant de commencer à perdre le contrôle. Certains mâles deviennent fous de façon permanente. Le fýst est quelque chose de sérieux, qu'importe ce que Rune veut te faire croire.

— Est-ce qu'il y a un remède ? demandai-je, soudain préoccupée pour cet alien inconnu.

— Il faut que vous vous accoupliez.

C'est-à-dire... coucher avec Rune ?

Steff m'adressa un sourire compatissant.

— Mon compagnon le formule comme si c'était un ordre, mais ce n'en est pas un. Ça reste ton choix, Laurel. Personne ne te forcera. Si tu le souhaites, on peut t'emmener sur le *Valkyr* pour que tu restes avec les autres femmes jusqu'à ce que tu sois prête.

— Et si je ne suis jamais prête ?

Njal ouvrit la bouche pour dire quelque chose, mais Steff fut plus rapide.

— Alors ce sera ton choix. Nous avons été très claires avec les Vikingar dès le départ. Nos femmes acceptent de rester ici pour un mois, pas plus, pas moins. C'est elles qui choisissent si elles veulent entamer une relation avec le partenaire qu'on leur a trouvé. Jusqu'à présent, toutes les femmes ont décidé de le faire, mais on ne te forcera jamais si tu ne le souhaites pas. Est-ce que tu es attirée par Rune ?

Est-ce que j'étais attirée par lui ? Physiquement, oui, carrément. J'avais ignoré les palpitations dans mon bas-ventre quand il m'avait portée jusqu'ici, mais ma culotte trempée était une preuve claire qu'il me faisait de l'effet. Comment pourrait-on ne pas être attirée par ce dieu baraqué de la sensualité ?

Mais je n'étais pas là pour l'amour, pas même pour le sexe. J'étais là pour une histoire. Même si bien sûr, je ne pouvais pas leur avouer ça.

— Je ne veux pas répondre à ça, dis-je d'une petite voix.

Rune retint son souffle, en resserrant son étreinte autour de moi. Oui, il me portait toujours. Je devrais lui demander de me poser par terre.

— Tu n'as pas à la faire, dit Steff d'une voix douce, réduisant une fois de plus son compagnon au silence par le biais d'un regard sévère.

Elle l'avait vraiment à sa merci. Elle était minuscule à côté de lui, mais il ne faisait aucun doute qu'elle était aux commandes dans leur relation.

— Est-ce que ça t'aiderait si on parlait toutes les deux, sans les gars ?

— Oui.

Pas parce que je voulais être convaincue de coucher avec un alien, mais parce qu'elle pourrait me donner plus d'informations pour mon article. Je me sentais un peu mal de me servir d'elle comme ça, mais c'était strictement professionnel. Ma carrière allait décoller grâce à cette histoire. Les journalistes devaient parfois se montrer un peu impitoyables, je l'avais appris dès le début. Il n'y avait pas de place pour les émotions et la compassion si on voulait grimper au sommet. Alors je chassai cette étincelle de désir que je ressentais pour Rune et hochai la tête vers Steff.

— Oui, j'aimerais te rencontrer en personne. Sans les hommes.

L'étreinte de Rune était si serrée que j'avais du mal à respirer.

— Tu m'écrases, dis-je, le souffle coupé.

Il me lâcha immédiatement. Malheureusement, il n'avait pas pris en compte que rien d'autre ne me maintenait en l'air.

Je tombai.

10

BIRNIRYA

Rune

Je compris immédiatement que j'avais fait une erreur, mais c'était trop tard. Je me mis en mouvement, plongeant vers ma compagne, mais elle était déjà par terre. J'avais pris trop d'élan, alors je perdis l'équilibre et tombai sur elle. Je réussis péniblement à empêcher mon poids de l'écraser.

Je roulai aussitôt sur le côté, un réflexe instinctif acquis grâce à des décennies d'entraînement de guerrier. Je fus debout en un instant, prêt à constater les dégâts que j'avais causés. Laurel avait l'air choquée, mais elle n'était pas blessée à première vue. Pas de sang, en tout cas.

La voix de Njal sortit des haut-parleurs :

— Qu'est-ce qu'il se passe là-bas ? Est-ce que je dois envoyer Klav ?

— Tu es blessée ? demandai-je à ma compagne, ignorant le capitaine.

Elle grimaça et se frotta les cuisses.

— Aïe. Je vais peut-être avoir un bleu sur les fesses. Tu ne peux pas me laisser tomber comme ça.

Un bleu. Hors de question. J'allais l'emmener au med-pod pour qu'il la soigne. Une fois de plus. Pourquoi ma compagne se blessait-elle constamment ? Peut-être que Njal et Steff avaient raison. Peut-être que ce n'était pas prudent pour elle d'être près de moi.

Je tendis la main pour la soulever à nouveau, mais elle leva les bras en signe de protestation.

— Non. Je peux marcher toute seule.

Certes, elle en était capable, mais pourquoi le voudrait-elle alors qu'elle avait un compagnon qui pouvait la porter ?

À moins qu'elle ait peur de moi. Je l'avais fait tomber. C'était impardonnable. Et maintenant qu'elle savait pour le fýst, elle devait avoir peur que je la blesse à nouveau. Ils avaient présenté les choses comme si je risquais de faire un carnage d'un clic à l'autre. Est-ce que c'était vrai ? Pouvais-je garantir qu'elle était en sécurité avec moi ? J'avais envie de croire que je ne la blesserais jamais, mais j'avais vu comment Njal avait agi sous l'emprise du fýst. Il avait brandi sa hache à l'aveuglette, sans se soucier de qui il frappait. Il aurait aisément pu blesser sa compagne si nous ne l'avions pas entravé.

Et j'étais plus fort que Njal.

Skitr. J'avais été égoïste. Tellement heureux d'avoir enfin une compagne que je n'avais pas réfléchi aux conséquences. Elle était en danger, à cause de moi.

— Steff, je vais te l'amener, dis-je à voix basse. Et elle pourra rester sur le *Valkyr* avec les autres femelles ensuite. Vous avez raison. Ce n'est pas prudent.

C'étaient sûrement les mots les plus douloureux que j'avais jamais prononcés.

Intérieurement, je bouillonnais de colère, de rage, de désespoir. De l'extérieur, je paraissais calme quand je la fis sortir de la salle de stockage pour la conduire aux appartements de Steff et Njal. Je la laissai marcher toute seule, même si chacun de ses gémissements contenus me donnait envie de cogner le mur. Elle souffrait. Et c'était de ma faute.

Njal accepta de laisser sa compagne pendant une heure. Il ne pouvait pas aller au-delà. Il n'était plus sous l'emprise du fýst, mais maintenant que Steff était enceinte, il semblait dominé par l'envie de la protéger constamment. Je savais que Klav étudiait le couple pour que le reste d'entre nous puisse en tirer des leçons. Les Vikingar étaient toujours farouchement protecteurs vis-à-vis de leurs compagnes, mais ça prenait avec Njal des proportions démesurées. Personne ne savait si c'était une exception ou si ça se produirait pour chaque Vikingr lié à une Péritenne. On semblait les avoir dans la peau bien plus intensément que les femelles de notre propre espèce.

Le capitaine me conduisit dans une salle de réunion près du centre de commandement et demanda au vaisseau de faire apparaître deux cornes d'hydromel. Je reniflai brièvement la boisson. L'une des dernières créations d'Errik. Il s'était inspiré de la culture péritenne pour créer une nouvelle gamme de boissons avec le système de brassage excessivement cher qu'il avait installé sur le *Valkyr*. Même si ça n'avait nullement entamé sa fortune. Nous avions tous plus de crédits que nous ne pourrions jamais en dépenser en une vie. Au prix de notre planète.

— C'est bon, dit Njal en faisant claquer ses lèvres d'un air admiratif. Il peut en refaire.

Je ne répondis pas. Je n'avais rien à dire. Mes pensées étaient tournées vers ma compagne. Laurel, une Péritenne dont les cheveux étaient aussi bleus que les miens. Était-elle en train de parler avec Steff en ce moment même ? Parlaient-elles de moi ? J'avais envie d'entendre ce qu'elles disaient. L'espace d'un instant, je fus tenté d'envoyer un drone de surveillance dans les quartiers de Njal, mais il m'aurait probablement rétrogradé pour ça. Ou pire.

La douleur que m'infligeait ma hache nuptiale avait redoublé d'intensité. J'ignorais qu'elle pouvait me faire souffrir davantage, mais je savais aussi que ce ne serait pas terminé tant que je n'aurais pas possédé ma compagne. À en juger par la situation actuelle, j'allais devoir supporter la douleur encore un bon moment.

— Tu m'écoutes ?

Njal me regardait d'un air désapprobateur.

— Désolé. J'ai été distrait. Ça empire à quel point, la douleur ?

La sympathie remplaça l'expression sévère de mon capitaine.

— La hache nuptiale ? À la fin, j'avais envie de me la couper. Je suis content de ne pas l'avoir fait, parce que Steff dit que c'est la meilleure chose qui lui soit arrivée, mais tu peux t'attendre à des jours de torture.

— Des jours ? Tu penses qu'elle va mettre autant de temps que ça ?

— Honnêtement, je ne sais pas. Ça a été différent pour chaque Péritenne, tu l'as vu toi-même. Je pense que Steff aurait hésité encore un moment si le fýst ne l'avait pas poussée à agir. Tu crois que ta compagne te laissera la prendre si tu perds le contrôle ? En public ? De manière particulièrement théâtrale ?

Il agita ses épais sourcils. C'était un message.

— Évidemment, je ne veux pas que tu finisses dans le même état que moi, pcursuivit-il. Je ne souhaite ça à aucun membre de mon équipage, encore moins à mes amis. Mais tout ce que je peux dire, c'est que ça m'a aidé à faire comprendre à Steff qu'elle me voulait vraiment.

Njal éclata de rire, en reposant brutalement sa corne à boire sur la table. Dans un éclat de lumière, elle se remplit à nouveau.

Pendant qu'il buvait, je réfléchis à ses paroles. Ça pourrait peut-être marcher. Si je provoquais une scène suffisamment théâtrale, en agissant comme si je perdais la tête, menaçais un ou deux guerriers... Oui. Elle n'aurait pas besoin de savoir que j'étais encore en pleine possession de mes facultés. C'était manipulateur, mais c'était la seule façon d'accélérer les choses. Je ne supportais pas l'idée qu'elle soit sur un autre vaisseau, où je ne pourrais ni la voir, ni la serrer dans mes bras, ni la toucher ou la sentir. Mon sexe se tendit douloureusement contre mon pantacourt. Et oui, sans la baiser aussi. Ma hache nuptiale n'était pas la seule partie de mon corps qui était prête pour l'accouplement.

— Ce serait un bon entraînement pour l'équipage, réfléchit Njal à voix haute, comme pour lui-même. Ça fait longtemps qu'on n'a pas eu droit à un bon combat. Les mâles célibataires sont agités. Combattre un berserkr, c'est peut-être exactement ce qu'il leur faut. Tout ce que je dis est purement hypothétique, bien sûr. Steff me tuerait si je suggérais une chose pareille.

— J'en suis sûr, m'esclaffai-je. Ta femelle et la mienne sont très fortes. Leurs corps ne le sont pas, mais leurs esprits, oui.

— Oui, elles sont plus fragiles que je le pensais. Et ne me lance même pas sur tout ce qui change une fois qu'elles sont en mode reproduction. Steff a d'horribles sautes d'humeur, suivies de fringales étranges.

Je gardai cette information pour plus tard. La reproduction n'était pas encore une priorité pour moi. Un jour, elle le serait. C'était notre devoir d'engendrer des descendants, pour sauver notre espèce de l'extinction. Il ne restait qu'environ un millier de Vikingar dans toute la galaxie, donc il était essentiel que nous nous reproduisions tous. Mais d'abord, je devais convaincre Laurel qu'elle était la compagne qui m'était destinée et qu'elle avait envie que je la possède.

Nous bûmes en silence. L'hydromel était bon, même après la cinquième corne.

— Le repas sera servi dans trente clics, déclara Njal au bout d'un moment en consultant son communicateur. Le réfectoire sera bondé. C'est là-bas que tu attirerais le plus d'attention. Mais...

Signalé par un bip, un message apparut et il s'interrompit pour le lire. Son sourire disparut. Mauvaise nouvelle. Je me penchai pour déchiffrer le message, mais il rangea son communicateur et se tourna vers moi.

— Je ne vais pas y aller par quatre chemins. Laurel est partie.

Mon cœur se serra.

— Partie sur le *Valkyr* ?

L'expression peinée de Njal ouvrit un gouffre dans mon ventre.

— Non. Elle est retournée sur Péritus. Elle a décidé de rentrer chez elle.

Je me contentai de le fixer. Ça n'avait aucun sens. Je ne comprenais pas. Chez elle ? Mais sa place était avec moi. C'était impensable qu'elle soit partie. C'était impossible. Elle avait forcément ressenti la même chose que moi. Le lien était là. J'avais flairé son excitation en la portant tout à l'heure. Elle ressentait la même chose. Alors comment se faisait-il qu'elle soit partie ?

Elle m'avait quitté.

L'incompréhension se mua en tristesse.

Puis en fureur inextinguible.

J'entendis Njal dire au loin :

— ... besoin d'aide.

Njal. Le traître. Il m'avait attiré jusqu'ici pour que sa compagne puisse renvoyer la mienne. Il avait planifié tout ça. C'était de sa faute.

Je me levai pour lui faire face. Mes muscles se tendirent. Il allait me le payer. Peu m'importait qu'il soit mon capitaine. Il avait détruit ma vie. Alors j'allais détruire la sienne à mon tour.

— Rune, il faut que tu te calmes, tu n'as pas les idées claires...

J'attaquai.

11

BIRNIRKA

Laurel

Évidemment, il pleuvait. Le faisceau de téléportation m'avait déposée à l'endroit précis où on m'avait emmenée. Est-ce que ça ne faisait vraiment qu'un jour ? C'était difficile à croire. Il s'était passé tellement de choses.

Vingt-quatre heures plus tôt, j'étais persuadée que j'allais démanteler un réseau de trafic d'êtres humains. À présent, je savais que les extraterrestres existaient, et que toutes les femmes disparues étaient non seulement en vie, mais qu'elles vivaient avec leurs compagnons extraterrestres dans l'espace.

Ce que je n'avais pas, c'était des preuves tangibles. Pas une seule petite photo d'un Vikingr ou même de leur vaisseau spatial. J'avais prévu de rester plus longtemps jusqu'à ce que je trouve un téléphone ou un appareil photo, mais c'était avant de parler à Steff. Avant de prendre conscience que le temps m'était compté.

C'était devenu trop risqué. Je commençais à avoir des sentiments pour Rune et je ne pouvais pas me le permettre. J'avais dû partir avant que mes émotions ne m'empêchent de faire mon boulot. Le travail passait en premier.

Je regardai autour de moi, essayant de trouver des repères. Steff n'avait pas été ravie de me laisser partir, mais je l'avais rassurée en lui disant que je paierais tous les frais encourus. J'imagine que me déposer ici, loin du centre de Glasgow, était sa façon de me témoigner sa désapprobation. Au moins, elle m'avait donné des chaussures, que le vaisseau avait fabriquées en quelques secondes. Peut-être pourraient-elles servir de preuve. Je les donnerais à un laboratoire pour qu'on analyse leur composition. Et il me restait un dernier atout en main. Steff avait mentionné quelque chose au détour de la conversation. C'était comme ça que j'escomptais trouver mes preuves.

Je cherchai mon téléphone par terre – et effectivement, il était là, mais ma chance s'arrêta là. Il ne s'allumait plus. Soit la batterie était à plat, soit la pluie l'avait achevé. Quoi qu'il en soit, j'allais devoir trouver un autre moyen de contacter ma patronne.

Je marchai pendant une demi-heure avant de trouver une rue suffisamment fréquentée pour héler un taxi. C'est alors que je pris conscience que je n'avais pas mon sac à main, dans lequel se trouvait mon portefeuille. Merde. Voilà que j'étais coincée à Glasgow sous la pluie, sans téléphone, sans argent et sans même une chambre d'hôtel réservée. Génial. J'imagine que c'était ma punition pour avoir brisé les espoirs de Rune.

Qu'allais-je faire maintenant ? La vie reposait tellement sur l'argent et la communication. Je n'avais ni l'un ni l'autre.

Je continuai à marcher, sans vraiment savoir où j'allais, mais c'était mieux que de rester plantée là sous la pluie. En passant devant un arrêt de bus bondé, où les gens s'entassaient pour rester au sec, je décidai de tenter ma chance. En m'appuyant sur mon personnage de journaliste sûre d'elle, je demandai si je pouvais emprunter le téléphone de quelqu'un. Pas de réponse. Puis une dame, la cinquantaine environ, me tendit le sien. Je devais avoir l'air assez désespérée dans mes vêtements trempés, sans manteau ni parapluie.

Heureusement, le numéro d'*Exposure* était gravé dans ma mémoire. Je l'avais donné à tellement de personnes au fil des années qu'il faisait partie des rares numéros que je connaissais par cœur. La réceptionniste me mit aussitôt en relation avec Nicole. Je faillis sauter de joie en entendant la voix de ma patronne. Une réaction qu'elle ne provoquait pas chez moi d'ordinaire.

— Nicole, je suis coincée à Glasgow, mais j'ai les informations dont on avait besoin.

Je restai vague, ne souhaitant pas que les gens autour de moi entendent parler des extraterrestres pour l'instant.

— Laurel ! Je m'inquiétais pour toi. Coincée, tu dis ?

Je lui expliquai la situation. La dame dont j'utilisais le téléphone me lança un regard compatissant. Je lui souris et me retournai.

— Après ton texto d'hier, j'ai envoyé Jenna à Glasgow, continua Nicole. Elle peut venir te chercher. Où est-ce que tu es exactement ?

Je lus le nom de la rue inscrit sur l'abri de bus.

— D'accord, je vais lui dire de venir le plus vite possible. Rappelle-moi dès que tu es à l'hôtel, je meurs d'envie de savoir ce que tu as découvert.

Elle n'avait aucune idée de ce qu'elle allait apprendre.

———

Une heure plus tard, j'étais de nouveau au chaud, vêtue du peignoir blanc de l'hôtel et prête à parler à ma patronne. Incroyablement efficace, Jenna avait commandé à manger pendant que je me réchauffais sous la douche. Je grignotais des chips. Elles semblaient fades comparées à la nourriture du vaisseau spatial. J'avais essayé autant de plats extraterrestres que possible, subjuguée par l'intensité des saveurs. Même les plats humains que Rune avait commandés avaient un goût plus prononcé.

Que faisait Rune en ce moment ? Quelqu'un lui avait-il déjà dit que j'étais partie ? Était-il contrarié ?

Je refoulai ma culpabilité et saisis le téléphone. Nicole répondit dès la première sonnerie.

— Enfin. Tu es à l'hôtel ? Et comment va ton pied ? Ton texto laissait penser qu'il était peut-être cassé.

— Mets-la sur haut-parleur, chuchota Jenna.

Je lui fis plaisir ; après tout, c'était grâce à la stagiaire que j'étais maintenant au chaud et à mon aise.

Je pris une grande inspiration avant de leur raconter mon histoire. Jenna rit quand je mentionnai les extraterrestres pour la première fois, mais voyant que je ne souriais pas, son expression changea.

— Attends un instant, m'interrompit Nicole au milieu de l'histoire. Je n'ai pas de temps à perdre avec ça. Ce n'est pas encore le 1er avril, si ? Alors arrête d'inventer des contes de fées et dis-nous ce qui s'est vraiment passé.

— C'est ce que je fais. Tout est vrai.

Ma patronne ricana.

— Ouais, c'est ça. Et on attend le Père Noël pour le dîner. Tu es sûre que tu ne t'es pas cogné la tête ? Peut-être que Jenna devrait t'emmener aux urgences pour faire un scanner.

— Ma tête va bien. Mon pied aussi. Ils l'ont soigné avec leur cercueil médical.

OK, même moi je me rendais compte à quel point ça semblait ridicule.

Jenna me dévisageait comme si elle ne savait pas trop ce qu'elle était censée croire. Au moins, ça voulait dire qu'elle ne pensait pas que je mentais.

— Je peux le prouver, dis-je. Mes chaussures ont été fabriquées par le vaisseau spatial. Je suis sûre que si on les envoie à un laboratoire, ils trouveront des éléments extraterrestres dessus.

Nicole émit un petit rire.

— Des chaussures ? Tu veux que je paie pour un test de laboratoire sur des chaussures ? Tu te rends compte de la contrainte budgétaire qu'on a ? Si c'est tout ce que tu as, alors...

— Non. Il y a un endroit dans les Highlands où certains extraterrestres séjournent. Si on y va, on pourra prendre des photos pour avoir des preuves.

— Tu es en train de me dire qu'ils ont envahi la planète

maintenant ? La vache, tu as vraiment besoin d'un scanner cérébral.

— Pas envahi. Steff a dit qu'ils ont séjourné là-bas quand ils n'avaient qu'un seul vaisseau. Ils en ont deux maintenant, mais certains extraterrestres ont tellement aimé cet endroit qu'ils ont continué à vivre dans les Highlands en attendant qu'on leur trouve des compagnes.

— Tu te rends compte à quel point tu parais dingue ? Je devrais te virer pour ça. D'ailleurs, je pourrais.

Je n'avais pas réalisé que ce serait si difficile de convaincre ma patronne de la vérité. Jenna me regardait d'un air pensif, en triturant distraitement ses boucles brunes.

— Où est-ce que c'est ? demanda la stagiaire.

— Près de Kingussie, dans les Cairngorms. D'après Steff, c'est une grande maison dont se servait l'armée autrefois. Ça ne devrait pas être difficile à trouver.

Nicole soupira bruyamment.

— Je ne sais même pas pourquoi j'envisage de te laisser faire ça. Très bien. Demain, vous irez toutes les deux à Kingussie. Si je ne reçois pas de photos d'extraterrestres avant mon départ du bureau, tu es virée.

Elle raccrocha avant que j'aie le temps d'ajouter quoi que ce soit d'autre. Argh. Pas exactement le retour triomphal que j'avais imaginé.

Le reste de la soirée, Jenna et moi organisâmes notre périple du lendemain. Nous devions d'abord nous arrêter dans quelques boutiques, car ma valise était toujours sur le vaisseau spatial et j'avais besoin d'un téléphone, de vêtements et d'autres produits essentiels. Jenna était venue en train, alors nous réservâmes une voiture de location de l'hôtel. Nous nous servîmes d'images satellites pour repérer deux bâtiments potentiels que les Vikingar étaient susceptibles d'utiliser. J'espérais vraiment les trouver. Autrement, ma carrière serait terminée, et j'aurais entraîné Jenna avec moi.

La stagiaire se montra aussi serviable que je pouvais l'espérer, mais il était clair qu'elle ne croyait qu'à moitié mon histoire. Je me doutais que c'était surtout la curiosité qui la motivait. Et si Nicole me virait, elle pourrait peut-être prendre ma place.

Tout en écoutant les ronflements légers de Jenna – nous partagions la chambre à deux lits simples qu'elle avait réservée, car je doutais que notre patronne soit prête à payer une deuxième chambre – je me demandais ce que faisait Rune. J'essayais de l'oublier, mais c'était impossible. L'extraterrestre bleu restait présent dans mon esprit, comme un parasite, pour me rappeler ce que j'avais fait.

Je lui avais brisé le cœur. Je le savais. Il avait accepté dès le début que j'étais son âme sœur. Trouverait-il quelqu'un d'autre ? Plus inquiétant encore, accepterait-il quelqu'un d'autre ? Ils avaient été plutôt clairs dans cette vidéo de présentation : les Vikingar s'unissaient à leur compagne pour la vie. Ce n'était pas juste une aventure pour lui. Ce n'était pas une expérience. C'était réel. Il était persuadé qu'il passerait le restant de ses jours avec moi. Et puis je m'étais enfuie.

Je me détestais d'avoir fait ça. Quand j'avais accepté ce travail, je m'étais dit que j'allais sauver des vies en infiltrant l'agence de rencontres. Briser un ou deux cœurs en valait la peine. Mais maintenant que je connaissais la vérité, que je savais que toutes les femmes disparues étaient non seulement vivantes, mais heureuses, pouvais-je vraiment dire que l'article valait la peine d'avoir brisé le cœur de Rune ?

J'avais envie de dire oui. Je voulais croire que c'étaient les aléas du métier. Que je devais être égoïste et impitoyable. Sans quoi je n'y arriverais jamais. Mais alors je revoyais son visage, ses yeux bleu arctique capables de s'embraser comme des braises ardentes, ses lèvres pourpres qui souriaient, la peur sur son visage anguleux quand il avait cru que j'étais vraiment blessée. Ce moment comique où il avait transformé un simple repas en buffet à volonté. Il m'avait portée dans ses bras comme si j'étais précieuse. Comme si je comptais pour lui, alors que nous venions tout juste de nous rencontrer.

Et j'avais tout jeté à la poubelle.

Je me roulai en boule et j'attendis que les cauchemars m'emportent. Je les méritais.

12

BIRNHRKᛏ

Rune

Cette cellule ne me retiendrait pas longtemps. J'avais déjà cabossé la porte. Mes phalanges étaient en sang, mon corps trempé de sueur, mais je continuais à marteler la porte en métal. Il fallait que je rejoigne ma compagne. Elle était là dehors, seule, sans moi pour la protéger. Alors je cognais encore et encore, éclaboussant le métal bleu argenté avec mon sang. Une œuvre d'art faite de chagrin, de désespoir et de souffrance.

La douleur que je ressentais dans mes mains n'était rien comparée à celle qui agitait mon cœur. Elle eclipsait même ma hache nuptiale incandescente. Mon corps n'avait pas encore compris que je n'allais peut-être jamais me servir de cette hache. Non, je ne le permettrais pas. Il fallait que je la rejoigne. Trouver Laurel. La posséder. M'emparer d'elle. La protéger de tous ceux qui tenteraient de nous nuire.

Mon esprit était de plus en plus embrumé. Des fragments brisés de souvenirs flottaient dans l'obscurité. C'était difficile de les interpréter. Qu'était-il arrivé au juste ? Où était partie ma compagne ?

Ça n'avait aucune importance. Je devais la rejoindre.

Coup de poing.

Je hurlai de douleur et de rage. Je franchirais cette porte. Je le ferais pour ma compagne.

Coup de poing.

Elle m'attendait quelque part, là-bas dehors. Elle comptait sur moi pour que je la retrouve. La douleur n'avait aucune importance.

Coup de poing.

Craquement.

Je sentis mes os se briser. Et je continuais à attaquer la porte, cette saloperie qui me séparait de ma Laurel.

C'était déjà trop tard quand je remarquai le brouillard. Je l'inhalai, une épaisse vapeur blanche qui sortait de bouches d'aération cachées. Mon esprit devint aussi vaporeux que le brouillard. Mes jambes fléchirent en dessous de moi, et je m'effondrai par terre. À moitié conscient, je griffai la porte, mais elle était trop loin, trop loin...

Laurel

Je devais bien reconnaître que les Highlands écossais étaient magnifiques, même sous la pluie. Pendant notre trajet vers le nord, nous avions subi la bruine, la pluie battante et des averses balayées par des rafales de vent. J'étais prête à parier qu'ils avaient des termes gaéliques pour chaque type de pluie. Lorsque nous traversâmes enfin la petite ville de Kingussie, les nuages s'écartèrent pour laisser percer quelques rayons de soleil. Étrangement, ce spectacle me donnait envie de pleurer.

J'étais au bord des larmes depuis que je m'étais réveillée d'une nuit de sommeil agité. J'allais probablement avoir mes règles. Ça semblait logique, étant donné que j'avais les seins gonflés et que je n'arrivais pas à satisfaire ce désir lancinant. J'avais essayé de me faire jouir dans la salle de bain, mais pour la première fois de ma vie, je n'avais pas réussi. C'était frustrant.

— Maintenant, on continue vers le nord jusqu'à Loch Gynack, annonça joyeusement Jenna.

Elle conduisait depuis que nous avions échangé nos places, environ une heure plus tôt. La conduite m'avait quelque peu distraite des émotions qui faisaient rage à l'intérieur de moi, mais elles étaient revenues en force dès que Jenna avait pris le volant. Chaque fois que je fermais les yeux, le visage de Rune apparaissait devant moi. Je brûlais d'envie d'être avec lui. Je voulais savoir ce qu'il faisait. Le toucher à nouveau. Sentir une fois encore ses bras autour de moi.

C'était ridicule. Je ne voulais pas ressentir toutes ces choses. Je voulais simplement l'oublier et passer à autre chose. Trouver les preuves dont nous avions besoin, fêter mon succès, avoir peut-être une augmentation de salaire ou une meilleure offre d'emploi dans un autre journal ou magazine, puis passer à la prochaine histoire.

Mais il ne disparaissait pas. Lorsque nous aperçûmes enfin un immense manoir au loin, j'étais prête à me couper la tête rien que pour arrêter de penser à lui.

— Ça doit être ici. Je vais me garer là pour qu'ils ne nous repèrent pas, puis on approchera à pied.

Jenna semblait surexcitée. Je lui adressai un sourire las et j'attrapai les jumelles que nous avions achetées avant de quitter Glasgow. La stagiaire avait également apporté un appareil photo avec un immense téléobjectif, ce qui devrait nous aider à obtenir nos preuves sans que les extraterrestres ne s'en aperçoivent. Si c'était bien la maison où ils séjournaient.

Nous nous faufilâmes dans une jolie forêt, dont les bouleaux et les hêtres anciens furent témoins de notre approche. Le sol était recouvert de mousse, à présent glissante sous l'effet de la pluie. Jenna dérapa sur une racine une fois mais se rattrapa de justesse. J'étais ravie de mes chaussures extraterrestres. Elles semblaient totalement imperméables et les semelles m'offraient une adhérence parfaite, même sur les racines les plus glissantes.

Nous étions trempées jusqu'aux os quand nous atteignîmes la clairière. Ça me rappelait la journée de la veille, où j'avais été tout aussi frigorifiée et mouillée. J'avais hâte de retrouver mon petit appartement cosy à Londres. Il était minuscule, mais au moins il ne pleuvait pas à l'intérieur. Et peut-être qu'en retrouvant ma routine habituelle, j'arrêterais enfin de penser à Rune.

Nous trouvâmes un endroit qui nous offrait une bonne vue sur le manoir, et nous permettait d'être dissimulées par des buissons. J'espérais que les extraterrestres n'avaient pas de technologie de surveillance qui les alerterait de notre présence.

Je scrutai le manoir à l'aide des jumelles. C'était un bâtiment ancien, mais bien entretenu. Le gravier autour de la maison était propre, les jardins soignés. Quelqu'un vivait clairement ici, ou du moins s'occupait du domaine. C'était prometteur. J'observai les fenêtres, espérant apercevoir un Vikingr, mais il n'y avait aucun signe de vie. Jenna n'eut pas plus de chance.

Au bout d'un moment, nous commencions à trembler de froid. La pluie s'était intensifiée, effaçant tout souvenir du soleil. Nous étions déprimées.

— Tu crois qu'on devrait aller jeter un œil à l'autre bâtiment ? demanda Jenna à un moment donné, faisant écho à mes propres pensées.

— Oui. On pourra toujours revenir ici plus tard, si le deuxième endroit est abandonné.

Lorsque nous sortîmes de la forêt d'un pas mal assuré, j'étais sur le point d'abandonner. Pourquoi n'avais-je pas pensé à la technologie dont les Vikingar disposaient ? C'était évident qu'ils ne laisseraient pas n'importe qui s'approcher de la maison où ils vivaient. Peut-être avaient-ils une sorte de technologie trompeuse qui les mettait à l'abri des regards. Après ce que j'avais vu sur le vaisseau, je pouvais tout imaginer. Ils m'avaient téléportée là-bas, putain. J'aurais dû anticiper qu'ils ne voudraient pas qu'un promeneur lambada tombe sur leur maison par hasard.

Notre dernier espoir, c'était l'autre maison, à quinze minutes de route d'ici. Jenna n'était pas de bonne humeur non plus, alors je pris le volant pendant qu'elle marmonnait que c'était une erreur de m'avoir écoutée et qu'elle préfèrerait être repartie à notre bureau à Londres. J'étais d'accord avec presque tout ce qu'elle disait, sauf que je devais absolument trouver les extraterrestres. J'avais besoin de preuves. Nicole ne m'avait pas crue, et elle me connaissait depuis des années. Comment quelqu'un d'autre pourrait-il croire mon histoire ?

Cette fois, nous approchâmes en redoublant de prudence, laissant la voiture à plus d'un kilomètre de la route avant de continuer à pied. Jenna se plaignait constamment, à tel point que j'étais à deux doigts de l'étrangler. Sans forêt pour nous cacher, nous étions exposées. Des ajoncs et de la bruyère poussaient le long de la route, mais je n'avais pas vraiment envie de m'écorcher dans les épines. Alors nous restâmes sur la route, en espérant trouver un sentier qui nous rapprocherait de la maison sans être vues.

Pas de bol. La maison apparut enfin à l'horizon, un imposant manoir doté de tourelles et d'un portail en fer forgé. Une immense clôture l'entourait, la séparant du magnifique paysage environnant. Des collines à perte de vue, dont certaines étaient si hautes que leurs sommets étaient engloutis par les nuages. Pendant un instant, je compris pourquoi certaines personnes souhaitaient vivre dans une région aussi humide. Tout était si vert grâce à la pluie. Chaque nuance de vert rencontrait le gris du ciel.

Pas un ciel bleu comme la couleur des yeux de Rune. Argh, je pensais encore à lui. Il fallait que je me sorte ce type de la tête.

— Restons ici un moment pour voir si on aperçoit quelqu'un avec les jumelles. Si on ne voit personne, on pourra faire un tour autour de la clôture.

Jenna ne semblait pas ravie, mais elle sortit de nouveau son appareil photo et se mit en position à quelques mètres de la route. Nous restâmes là pendant au moins une demi-heure, scrutant les fenêtres à l'affût du moindre signe de vie. Le vent se levait, nous faisant frissonner dans nos vêtements mouillés. Je m'obstinai aussi longtemps que possible, mais quand mes dents commencèrent à claquer, je décidai qu'il était temps de bouger un peu. Peut-être aurions-nous plus de chance de l'autre côté du manoir.

Mais la chance n'était pas de notre côté. Avec la nuit qui approchait à toute vitesse, nous dûmes admettre notre défaite. J'étais contente que Jenna ne dise rien. Ce serait déjà assez dur comme ça d'affronter Nicole à Londres. Il était temps de chercher un nouveau travail.

13

BIRᚾᛏRᚴᛏ

Une semaine plus tard

Laurel

L a vie était déprimante. J'étais déprimée. J'avais passé les huit derniers jours affalée sur mon canapé, à regarder des émissions stupides à la télé et à manger des plats à emporter. Même la malbouffe ne suffisait pas à me remonter le moral.

Au début, je pensais que c'était parce qu'on m'avait virée. Nicole m'avait envoyé un texto dès mon retour à Londres, en me disant de venir récupérer mes affaires le lendemain. Adieu l'espoir qu'elle me garde en souvenir du bon vieux temps. J'avais écrit de bons articles par le passé, mené de grandes investigations, mais tout ceci n'avait plus aucune importance face à la grosse facture que l'agence Hot Tatties lui avait envoyée. Je me doutais que Nicole allait essayer de la contester, mais cette histoire ne me concernait plus désormais. Au moins, elle avait accepté de laisser Jenna terminer son stage.

Mais ce n'était pas la seule raison de ma déprime. Rune me manquait. C'était absurde, vu que j'avais passé à peine 24 heures avec cet homme, mais il avait laissé un vide douloureux dans mon cœur qu'aucune quantité de frites au fromage ne pouvait combler. Je n'arrêtais pas de penser à lui. Quand je mangeais, je pensais aux mets extraterrestres de notre buffet improvisé. Quand j'enfilais des chaussettes, je pensais au fait qu'il avait soigné ma blessure à la cheville. Quand j'allais aux toilettes, je pensais à l'étrange salle de bain extraterrestre à bord du vaisseau spatial. Quand je...

Il fallait que ça s'arrête. Je ne pouvais plus continuer ainsi. Je devais me concentrer sur ce nouveau chapitre de ma vie. Trouver un nouveau boulot. Oublier tout ce qui s'était passé. Essayer de continuer comme si de rien n'était, même si je savais désormais que les extraterrestres existaient, et tournaient autour de notre planète dans leurs vaisseaux. Rune était quelque part là-haut. Pensait-il à moi ? M'avait-il pardonnée ? Est-ce que je le reverrais un jour ?

Il hantait mes rêves. La nuit dernière, j'avais rêvé qu'il était attaché à une table, se tordant de rage ou de douleur, la bave aux lèvres. Je m'étais réveillée en tremblant, l'oreiller trempé de larmes versées pendant mon sommeil.

J'avais besoin de me distraire, mais je n'arrivais pas à me décider à quitter mon appartement. Dehors, il y avait des gens. Des êtres humains normaux qui n'avaient pas la moindre idée de ce que j'avais vu, de ce que je savais.

Trois jours après mon retour, j'avais traîné sur des forums de complotistes en ligne, essayant de trouver quelqu'un qui décrivait une rencontre avec les Vikingar. Mais j'avais abandonné au bout d'un moment, principalement parce que ces forums étaient pleins de cinglés en quête d'attention, et aussi parce que ça me faisait encore plus penser à Rune.

Je regrettais d'avoir accepté cette mission. J'aurais dû camper sur mes positions au lieu de laisser Nicole me convaincre que c'était une bonne histoire. Si j'avais continué mes recherches sur l'affaire d'espionnage industriel, je n'aurais pas eu le cœur brisé. Je ne serais pas assise ici, dans mon petit appartement, à manger de la bouffe grasse, à regarder des émissions à la con en pleine journée, et à faire des cauchemars qui me faisaient pleurer.

Est-ce que la vie reviendrait un jour à la normale ? Pourrais-je oublier ce que j'avais vu ? J'étais surprise que l'agence ne m'ait pas recontactée pour me faire signer un accord de confidentialité ou quelque chose de ce genre. Mais après tout, qui m'aurait crue ? On m'aurait juste prise pour une autre illuminée essayant de convaincre les autres que les extraterrestres existaient.

La vie ne serait plus jamais comme avant. Il fallait que je l'accepte.

Ce qui signifiait aussi que je n'avais plus rien à perdre.

Un calme étrange m'envahit alors que je prenais mon téléphone pour composer le numéro de l'agence Hot Tatties.

Rune

Je savais que j'étais en train de mourir. Ils essayaient de m'apporter autant de confort que possible, mais tout le monde avait peur de s'approcher trop près. J'avais mordu Njal lorsqu'il avait ajusté une de mes sangles. Je m'en souvenais à peine. Juste un de ces nombreux souvenirs embrumés. Je n'avais que quelques clics de lucidité par jour. Le reste du temps était empreint d'une envie déchirante de tuer tout le monde à bord de ce vaisseau. Quand j'avais les idées claires, je savais que ça ne ramènerait pas Laurel, mais dès que je perdais pied avec la réalité, tout ceci semblait parfaitement logique. Ils m'empêchaient de la retrouver. Ils me tuaient.

J'avais perdu la notion du temps depuis longtemps. Est-ce que ça faisait des jours, des semaines ou des mois que j'avais tenu Laurel dans mes bras pour la dernière fois ? Je me souvenais encore de son parfum. De la sensation de son corps serré contre le mien. Du son de son rire.

Elle était partie. Tout ce qu'il me restait à faire à présent, c'était attendre la fin. Le fýst allait me tuer. C'était un processus lent et violent. Si je ne me libérais pas de mes liens pour mourir en combattant mes amis et compagnons d'armes, je périrais ici, enchaîné à ce lit comme un animal. J'étais déjà plus faible. Je ne pouvais plus assimiler la nourriture. Et constamment, ma hache nuptiale me brûlait comme si elle était en feu.

J'avais toujours espéré mourir au combat, dans la gloire et ivre du sang de mes ennemis. J'en aurais tué beaucoup, blessé encore davatange, laissant ainsi un héritage durable. Mes ennemis auraient parlé de moi à voix basse longtemps après ma disparition. Mes alliés auraient chanté des chansons à mon sujet.

Mais rien de tout ceci n'arriverait. Le fýst était en train de me prendre.

Je dérivais à nouveau. Des rêves de violence se mêlaient à des images furtives de Laurel. Elle était triste et seule. Je voulais tendre les bras vers elle et la serrer contre ma poitrine. Rêve ou réalité ? Je ne faisais plus la différence. Chaque fois que je rêvais d'elle, je me réveillais un peu plus faible. Mais ça en valait la peine. J'avais envie de la voir. Je ne m'en lasserais jamais. Même si dans mes moments de lucidité, je savais qu'elle était partie pour de bon, je gardais l'espoir de la revoir. Et si elle n'était pas ici avec moi, je pouvais au moins la contempler dans mes rêves fiévreux.

Une fois, je crus entendre sa voix. J'essayai de me redresser, tirant sur les sangles qui m'entravaient, hurlant de frustration. Quand j'abandonnai, sa voix avait disparu. Encore un rêve éveillé ?

Njal me rendait souvent visite, toujours seul, sans jamais amener sa compagne. Je comprenais pourquoi. Même attaché, je restais dangereux. Il me parlait parfois, mais la plupart du temps, il se contentait de rester assis là, à me regarder avec une expression torturée. J'avais presque pitié de lui, puis je me souvenais que c'était lui qui m'empêchait de retrouver ma compagne, que je devais le tuer ainsi que tous les autres Vikingar, et je redevenais fou furieux.

— ... attention, il délire...

Je rêvais encore de Laurel. Je refusais de laisser les voix extérieures m'arracher à ce rêve. Elle était si belle aujourd'hui dans sa robe bleue assortie à ses cheveux ébouriffés par le vent, debout au sommet d'une montagne. Des éclairs éclataient autour d'elle. Une pluie battante tombait des cieux, pourtant elle restait sèche, plus puissante que les éléments eux-mêmes. C'était une déesse. Je lui consacrerais ma vie si je le pouvais.

— Rune ?

Elle parlait, pourtant ses lèvres ne bougeaient pas.

— Rune, tu m'entends ?

La voix ne correspondait pas à l'image. Je luttais pour me raccrocher à mon rêve, mais cette voix m'attirait vers la froide brutalité de la réalité. Comme toujours, je m'attendais à ce que la douleur de ma hache nuptiale soit insupportable, mais ce n'était qu'une douleur sourde aujourd'hui. J'ouvris les yeux, surpris. Des fragments du monde des rêves persistaient. Laurel était encore là, dans sa robe bleue, mais les éclairs et la pluie avaient disparu.

Je clignai des yeux. Il y avait quelqu'un à côté d'elle, quelqu'un de réel, mais je ne parvenais pas à distinguer cette personne. Mon attention restait braquée sur Laurel, la tristesse dans ses yeux, la pâleur de ses joues. Ses cheveux pendaient, sans vie, hirsutes et négligés. Son visage n'était pas couvert d'une épaisse couche de maquillage comme avant, révélant sa beauté naturelle. Mon cœur se brisa en la voyant ainsi. Elle semblait en piteux état.

— Rune ?

Ses lèvres étaient synchronisées avec les mots, pas comme dans le rêve.

— Tu peux essayer de toucher son torse, mais évite ses mains et sa tête. Il a déjà mordu et griffé des gens.

Était-ce la vérité ? Je ne m'en souvenais pas. Ça n'avait aucune importance. Tout ce qui comptait, c'était de ne pas me réveiller complètement de ce rêve dans lequel Laurel était ici avec moi. Elle posa sa main sur ma poitrine, juste au-dessus de mon cœur. Ce contact semblait si réel. Comme si ce poids pesait réellement sur ma poitrine.

Ce devait être un rêve, pourtant. Laurel pleurait, et la véritable Laurel ne pleurait pas, sauf si son pied était cassé. C'était une femme forte qui ne pleurerait pas pour des choses aussi insignifiantes que son compagnon attaché à un lit. Elle ne pleurerait pas pour ça, n'est-ce pas ?

— Je suis tellement désolée, murmura-t-elle d'une voix enrouée. Je n'aurais pas dû partir.

Mais elle n'était pas partie. Elle avait été emmenée. Par ceux qui me retenaient maintenant en captivité. Je devais me battre. Je devais tous les vaincre.

Je luttai à nouveau contre les sangles. Elles grincèrent sous la pression.

— Il est temps de partir, dit l'autre personne.

Un homme. Ça ne faisait qu'amplifier ma rage.

— Non. Qu'est-ce que Steff a fait ?

Elle semblait si réelle. Si belle. Et si triste.

— Elle m'a embrassé. Mais il est à un stade trop avancé. Il y a quelques jours, ça aurait peut-être suffi à le ramener à la surface, mais plus maintenant.

— Alors peut-être que je vais devoir faire plus que l'embrasser.

J'avais du mal à me concentrer sur leur conversation. Pourquoi quelqu'un parlait-il à la Laurel de mon rêve ? Comment se faisait-il que quelqu'un d'autre puisse la voir ? Je poussai un grognement. Elle était à moi. Personne n'était censé la voir à part moi.

Sa main traça des cercles tendres sur mon torse.

— Chut. Tout ira bien. Je vais te guérir.

Je remarquai vaguement que l'autre personne sortait de mon champ de vision. Avait-il quitté la pièce ? Je l'espérais. Je voulais être seul avec mon rêve, en profiter aussi longtemps qu'il pourrait durer.

— Tu vas t'en sortir, murmura la Laurel du rêve, à présent tout près de mon oreille.

Je tournai la tête pour la regarder. Elle me souriait, mais il y avait trop de tristesse dans son sourire. Je voulais effacer toute cette tristesse, toutes ces larmes.

— Si tu en as besoin, tu peux me mordre, souffla-t-elle avant de presser ses lèvres contre les miennes.

14

BIRNIRNA

Laurel

J e déversai tous mes espoirs et mes rêves dans ce baiser. Toute la douleur que je ressentais en le voyant dans cet état.

Il était exactement comme dans mon rêve, attaché à un lit étroit par de larges sangles qui bardaient sa poitrine, son abdomen et ses membres. Seule sa tête était libre, lui permettant de s'incliner légèrement vers mon baiser. Il était hésitant, comme s'il avait peur que je disparaisse s'il m'embrassait trop passionnément. J'avais envie de me gifler pour ce que je lui avais fait. C'était ma faute. Et j'étais la seule capable d'arranger les choses. J'allais le sauver, quoi qu'il m'en coûte. Si ça impliquait de le baiser ainsi attaché à son lit, pendant que Njal nous observait du fond de la pièce, tant pis.

Il avait fallu persuader Njal de me laisser voir Rune. Pas par égard pour ma sécurité, mais au cas où ma présence aggraverait l'état de Rune. Je ne pouvais pas lui en vouloir. L'accueil de mon retour sur le *Huginn* avait été glacial. À l'image de ma discussion avec Pam à l'agence Hot Tatties. Elle m'avait fait signer un long contrat stipulant que j'acceptais d'être la compagne de Rune, que je ne ferais pas marche arrière, et que s'il ne s'en sortait pas, je resterais travailler pour l'agence à bord du *Huggin*. Elle ne voulait probablement pas que je retourne sur Terre avec des preuves de l'existence des extraterrestres. Là encore, je ne pouvais pas lui en vouloir. Je n'avais pas témoigné à Rune la compassion qu'il méritait. Je n'aurais jamais dû partir. Et pour quoi ? Ma carrière ? J'aurais pu être avec mon âme sœur. Et maintenant, notre avenir ne tenait plus qu'à un fil. Si je ne sortais pas Rune de son état délirant, tout était perdu.

Faisant glisser ma langue sur ses dents, je sentis ses incisives pointues de vampire. Elles m'éraflèrent la langue, prouvant qu'elles étaient suffisamment acérées pour percer la peau. Aurait-il un jour l'occasion de me mordre lors de notre nuit de noces ? Je devais espérer que ce n'était pas la fin. Que son état n'était pas permanent.

Je pris ses joues dans le creux de mes mains pour intensifier le baiser. Il avait un goût salé, assorti à son odeur. Il continuait de se retenir. Ses gestes étaient lents, comme s'il ne contrôlait pas totalement son corps. Peut-être était-ce réellement le cas. Je ne comprenais pas vraiment ce qui lui arrivait. Je n'avais pas pris l'avertissement de Njal au sérieux quand il m'avait parlé du fýst pour la première fois. J'avais cru qu'il exagérait pour s'assurer que je choisirais Rune. Mais il n'avait pas menti. C'était horrible. En marchant vers cette cabine, Steff m'avait dit qu'il avait gravement blessé plusieurs Vikingar avant qu'ils parviennent à le maîtriser. Heureusement, ils avaient ces cercueils médicaux intelligents, donc j'imaginais qu'ils n'avaient pas souffert longtemps avant d'être guéris.

— Laurel, murmura Rune, rompant ainsi le baiser. Reviens-moi.

— Je suis là. Je suis juste devant toi. C'est bien moi, tu ne me vois pas ?

Il cligna des yeux.

— Tu es un rêve. Juste un rêve.

— Je suis réelle. Je te le promets. Je suis vraiment là. Je suis tellement désolée d'être partie.

Mes larmes menaçaient de couler à nouveau. Je ravalai péniblement ma salive, caressai sa joue, sa barbe hirsute.

— Je n'aurais jamais dû partir. Je suis désolée. Mais je suis là maintenant. Pour toujours.

C'est ce que j'avais accepté de faire. Rester avec lui pour toujours. Curieusement, cette pensée ne me paraissait ni effrayante ni contraignante. C'est ce que je voulais. Je voulais être avec Rune de tout mon cœur. Il comblait le vide dans mon âme, un vide dont j'ignorais l'existence. Ma vie était vide sans lui. Je n'imaginais pas repartir, jamais de la vie, à moins que Rune m'accompagne.

— Tu ne peux pas être réelle, dit-il d'une voix rauque. Laurel est partie.

— Et maintenant je suis revenue. Je te le promets, Rune, c'est moi. Comment est-ce que je peux t'aider ? Comment est-ce que je peux arranger les choses ?

Il cligna des yeux à nouveau. Son esprit confus essayait de comprendre, mais son regard redevint absent. Il était reparti dans ses rêves. Je l'embrassai à nouveau, mais il n'y eut aucune réaction cette fois. Ses lèvres restaient immobiles contre les miennes.

Njal avait dit que Rune était probablement arrivé à un stade trop avancé pour que ça fonctionne. Mais je refusais d'abandonner. Pas question.

Je me tournai vers Njal, qui nous observait du fond de la pièce.

— Pars, s'il te plaît. J'aimerais essayer quelque chose.

— Je ne peux pas faire ça, dit gravement le capitaine. Il pourrait te blesser.

— Alors il me blessera, tant pis. Ce n'est pas intentionnel. Mais je ne veux pas que quelqu'un me regarde faire ce que je vais essayer ensuite.

— Et qu'est-ce que c'est ?

Je le regardai avec un air de défi.

— Tu as dit que la seule chose qui pourrait mettre fin au fýst, c'est s'il peut me prendre ? Eh bien, il ne peut pas le faire pour l'instant, alors c'est moi qui vais prendre les devants.

Njal resta silencieux un moment. Puis, il inclina la tête.

— Tu as dix clics. Passé ce délai, je te raccompagne dehors.

Je ne savais pas combien de temps représentaient dix clics, mais ça allait devoir suffire.

En sortant, Njal déclara :

— Je vais rester dehors. Crie si tu as besoin d'aide.

J'émis un petit rire sombre. Je n'aurais pas besoin d'aide pour ce que j'allais faire.

Dès que l'autre extraterrestre fut parti, je me retournai vers Rune. Ses yeux étaient à moitié fermés, son expression rêveuse. Au moins, il était calme à présent. Presque paisible. Était-il en train de rêver de moi ?

— Rune, je vais essayer quelque chose. Est-ce que j'ai ton consentement ?

Le baiser de force semblait une mauvaise idée qui ne ferait qu'empirer les choses.

Il marmonna quelque chose d'inaudible. Je me penchai au-dessus de lui pour comprendre ce qu'il essayait de dire.

— Tout ce que tu veux, *sæta*, bredouilla-t-il, les yeux clos à présent.

Ça allait devoir suffire. J'essayais de lui sauver la vie. J'avais hâte qu'il reprenne ses esprits.

L'espace d'un instant, la peur que ça n'arrive jamais me paralysa. Non, je trouverais bien un moyen. Ça allait marcher. Ça devait marcher.

Le bas de son corps était caché sous un drap vert qui ressemblait à de la soie élégante. J'avais un peu peur de le soulever. Quand il portait son short noir, j'avais vu à quel point son érection tendait le tissu, de la même façon qu'elle tendait le drap à cet instant. Son érection était flagrante. Et maintenant, j'allais la voir. En jetant un dernier regard à son expression détendue, je soulevai le drap.

La journaliste en moi commença immédiatement à griffonner des notes, tandis que la femme en moi poussait un cri de surprise et serrait les cuisses. La première chose qui me frappa fut qu'il avait quatre testicules, tous gonflés sous la peau indigo tendue. Son sexe était lisse, dépourvu de gland, un simple manche énorme dont la circonférence impressionnante m'étirerait au maximum. Même mon vieux vibromasseur arc-en-ciel semblait petit en comparaison, et c'était déjà un modèle extra-large. Au-dessus de son sexe se trouvait une excroissance étrange, en forme de tête de hache. La peau qui en recouvrait les bords était légèrement ondulée, comme si des perles minuscules se cachaient sous la surface de sa peau. C'était la promesse de sensations incroyables contre mon clitoris. J'imaginais que c'était sa fonction. Une stimulation supplémentaire pour la femme. À moins qu'elle ait une autre utilité que je découvrirais plus tard.

Pour voir comment il réagirait à mon contact, je pris délicatement son sexe dans une main. Il retint son souffle, mais n'eut pas d'autre réaction. Quand je commençai à faire glisser ma main de haut en bas sur son membre dur, un grognement s'échappa de sa gorge. Donc ça lui faisait quelque chose. Parfait.

Je crachai dans ma main avant de continuer à le caresser. Mes doigts ne faisaient pas le tour de son gabarit impressionnant. Je commençais à m'inquiéter de ne pas pouvoir l'accueillir en moi. Et il n'était pas en état de m'aider pour les préliminaires. Non pas que j'en avais besoin. J'étais trempée, et ça avait été le cas toute la semaine. J'avais essayé un nombre incalculable de fois de me faire jouir, mais ça n'avait jamais fonctionné. J'étais frustrée et j'étais impatiente d'atteindre enfin l'orgasme. Pourquoi étais-je en train d'hésiter ? Lance-toi et chevauche-le ! me dis-je. Avant que Njal ne revienne.

Je jetai un regard furtif vers la porte, puis retirai mon petit short moulant et ma culotte. J'envisageai d'enlever ma robe, mais elle m'offrirait au contraire un semblant d'intimité si Njal revenait trop tôt. Et Rune n'était pas assez réveillé pour apprécier que je me sois rasée pour lui.

Je montai sur le lit. C'était plus un matelas à taille humaine, rien à voir avec l'immense lit dans lequel j'avais dormi lors de ma première – et unique – nuit à bord du vaisseau spatial. Je me mis à califourchon sur ses hanches, et me positionnai au-dessus de son sexe.

Quand son extrémité toucha mon sexe lancinant, je réprimai un gémissement. C'était exactement ce dont j'avais besoin. J'espérais simplement que c'était aussi ce dont Rune avait besoin pour aller mieux.

Je ne le quittai pas des yeux quand je m'abaissai lentement sur son sexe. Même si j'étais trempée, il me fallut du temps pour m'adapter à son gabarit. Est-ce que tous les Vikingar étaient aussi bien membrés ou avais-je tiré le gros lot ?

Quand ce fut impossible d'aller plus loin, je me laissai un moment pour m'habituer à la sensation d'être vraiment étirée au maximum. C'était bon, tellement bon. L'excroissance en forme de hache ne me touchait pas tout à fait, mais si je me penchais en avant...

Cette fois, je ne pus contenir mon gémissement. La hache appuyait contre mon clitoris et ça ne s'arrêtait pas là : elle vibrait. Oh mon Dieu. C'était parfait. La surface perlée me procurait des sensations incroyables, comme si elle avait été conçue spécialement pour me donner du plaisir.

Rune grogna à nouveau. Ses lèvres étaient légèrement entrouvertes. Ses joues étaient-elles plus sombres qu'avant ou était-ce le fruit de mon imagination ?

J'appuyai mes mains sur son torse pour me stabiliser, puis je le chevauchai. Au début, c'était comme utiliser un gode inerte ; un mouvement purement mécanique qui me soulageait, mais qui ne me donnait pas le plaisir que je recherchais.

— Allez, Rune. Réveille-toi. Prends-moi. Deviens mon compagnon.

Ses yeux s'ouvrirent d'un coup. Son regard n'était plus voilé lorsqu'il me fixa avec toute la chaleur d'un brasier dévastateur.

Puis il se mit à bouger. Il donna un coup de hanches vers le haut, plongeant son sexe encore plus profondément en moi. Sanglé ainsi au niveau de la taille, il avait des mouvements limités, mais c'était suffisant. Il imprima un rythme infernal, enfonçant inlassablement son sexe en moi, tandis que j'essayais d'onduler des hanches sans perdre l'équilibre. S'il était capable de faire ça en étant entravé, qu'est-ce que ce serait sans les sangles qui le retenaient ?

Il n'y avait qu'une seule façon de le savoir.

— Attends un moment, dis-je d'une voix haletante. Laisse-moi te détacher.

Mais il ne s'arrêta pas. Et, à vrai dire, ce n'est pas vraiment ce que je souhaitais non plus. C'était déjà si bon. S'il n'était pas impatient de se libérer de ses liens, tant pis. Chaque fois que son sexe s'enfouissait si profondément qu'il m'arrachait un cri, la hache vibrante bourdonnait contre mon clitoris. C'était la plus délicieuse des sensations. Je n'allais plus pouvoir me retenir bien longtemps.

Rune était entièrement focalisé sur moi, ses yeux bleu clair entièrement débarrassés du voile de tout à l'heure. Je percevais un sentiment d'urgence en lui, le même qui m'animait, celui qui me donnait envie de me contracter autour de lui et de nous précipiter ensemble dans le gouffre exquis du plaisir. Il respirait fort, et ses lèvres entrouvertes me laissaient entrevoir ses dents roses. Il serrait les poings le long de son corps. Et il s'enfonçait en moi sans jamais s'arrêter, imprimant les coups de reins désespérés d'un homme affamé.

La position me faisait mal aux cuisses ; j'allais clairement devoir faire plus d'exercice pour tenir la distance avec Rune.

Heureusement, j'avais quelques idées à lui soumettre pour qu'il m'aide à améliorer mon endurance à l'avenir. La plupart d'entre elles se réalisaient dans un lit.

Un nouveau coup de reins, et je ne fus plus capable de me retenir. J'explosai autour de lui en criant mon plaisir, en criant son nom. Ce qui ne fit que l'inciter à me baiser d'autant plus fort, jusqu'à ce qu'il jouisse en poussant un rugissement qui réveilla quelque chose de primal au plus profond de moi. J'avais envie d'entendre ce son encore et encore en chevauchant son sexe, en le sentant à l'intérieur de moi.

— Détache-moi, dit-il d'une voix rauque dès que nous eûmes tous deux repris notre souffle.

Certaines des sangles me donnèrent du fil à retordre, les attaches m'étant inconnues, mais dès que j'eus ouvert celles qui entravaient ses bras, il put défaire lui-même celles sur son torse et son abdomen. Pour retirer les sangles autour de ses pieds, je dus me lever de son sexe encore dur. Au moment où il glissa hors de moi, Rune devint féroce.

Tout se passa si vite que je ne compris même pas ce qui se passait. Un instant, j'étais encore à califourchon sur lui, et l'instant d'après j'étais sur le dos, et Rune me pénétrait. Il écarta mes cuisses avec ses grandes mains calleuses. Sa poigne était puissante, possessive, et le feu qui brûlait dans ses yeux me donnait envie de frissonner. C'était Rune, mon compagnon, qui marquait son territoire.

Il me baisa sauvagement, ses testicules martelèrent mes fesses et sa hache me fit gémir chaque fois qu'elle touchait mon clitoris.

Et j'en savourai chaque instant.

15

BIRNARKA

Rune

Ce n'est qu'après avoir pris Laurel dans cinq positions différentes que je commençai seulement à croire que c'était réel. Et même après ça, je dus sans cesse lui demander si elle n'était qu'un rêve. À chaque fois, elle m'adressait un sourire triste et me confirmait une fois de plus qu'elle était vraiment là avec moi.

Nous étions maintenant allongés sur le lit, mon sexe encore enfoui en elle, son dos contre ma poitrine. Les bras autour de sa taille, je la serrais contre moi aussi étroitement que possible en tâchant de ne pas lui faire mal. Je ne voulais jamais plus la lâcher. Pas maintenant qu'elle était revenue.

— Est-ce que tu es réelle ? murmurai-je.

— Oui.

J'embrassai ses cheveux bleus. Ils étaient bruns à la racine. J'allais devoir lui demander si c'était normal ou si elle était malade... mais pas maintenant. Plus tard. Dans l'immédiat, je ne voulais penser à rien de négatif. Je voulais seulement me concentrer sur l'instant présent.

Elle sentait si bon. J'inspirai profondément, savourant son odeur.

— Est-ce que tu es en train de me renifler ? demanda-t-elle avec un petit rire.

— Oui.

Après une longue inspiration, j'ajoutai :

— Les Péritens mâles ne font pas ça ?

— Non. Mais les humains... Péritens sont très différents à bien des niveaux.

— Dis-m'en plus.

— Eh bien, pour commencer, ils n'ont pas la même endurance dont tu viens de faire preuve. En général, ils ont besoin de se reposer après avoir joui. Et ils ne reniflent pas leurs partenaires. Ils ne les mordent pas non plus, ne les portent pas...

— Ça m'a l'air très ennuyeux, commentai-je.

Laurel rit à nouveau. J'aurais pu m'immerger tout entier dans ce son.

— Tu as raison. Tu es bien plus intéressant.

— Comment ça ?

— Tu es bleu. Tu es fort. Tu es super sexy – c'est ce que tu veux entendre, non ?

Je descendis une main jusqu'à ce qu'elle se pose sur son mont de

Vénus. Sa peau était chaude et collante. Un signe que notre accouplement avait été un succès. J'avais réussi à la satisfaire.

— Oui, murmurai-je en faisant tournoyer mon doigt sur le bouton sensible au-dessus de son entrée.

Elle inspira brusquement en réaction. J'adorais qu'elle soit si réactive à mon toucher. Les accouplements précédents avaient été brutaux, frénétiques, désespérés. Maintenant que le fýst avait disparu de mon esprit et de mon corps, je pouvais prendre le temps d'apprendre à connaître son corps de façon plus détendue. Je comptais en explorer chaque recoin, découvrir tout ce qui la faisait haleter comme ça, ce qui provoquait les gémissements les plus bruyants. J'apprendrais à jouer de son corps comme d'un instrument jusqu'à ce qu'elle se trémousse sous mes caresses et oublie tous ces autres Péritens auxquels elle m'avait comparé.

— Comment tu te sens ? murmura-t-elle d'une voix endormie.

— Comme le mâle le plus heureux de l'univers. Et toi, comment te sens-tu, ma compagne ?

— Compagne. Il va falloir que je m'habitue à ce mot.

— Je peux t'appeler *sæta*, si tu préfères. Ou bien femelle. Ou n'importe quel mot de ta langue que tu préfères.

— Qu'est-ce que ça veut dire, *sæta* ? Et pourquoi est-ce que l'implant ne le traduit pas ?

— Il y a certains mots trop complexes pour qu'on les traduise littéralement, expliquai-je. Des mots qui n'ont de sens que si l'on connaît la culture dans laquelle ils ont évolué. À l'origine, *sæta* désignait une femelle qui attendait son compagnon à la maison quand il partait en raid. Mais ça, c'est juste le sens littéral. *Sæta*, c'est le désir que ressentent deux amants l'un pour l'autre. C'est la joie de se revoir enfin. *Sæta*, c'est l'amour qu'ils se portent l'un à l'autre, qu'importe la distance qui les sépare.

— C'est magnifique, murmura Laurel. Je ne savais pas que tu étais si romantique.

— Ne le dis jamais à aucun autre Vikingr, l'avertis-je. Je ne suis romantique que quand je suis avec toi. En dehors de cette chambre, je suis un berserkr redoutable qui a fracassé une épaisse porte en métal pour retrouver sa compagne.

— Tu as fait ça ?

J'aurais bien montré à Laurel mes mains ensanglantées, mais quelqu'un avait dû me soigner à un moment donné, au cours des bouffées délirantes que le fýst avait provoquées. Je ne me souvenais plus de grand-chose. J'allais devoir parler à Njal, pour savoir si quelqu'un était susceptible de me défier en combat singulier à l'avenir. Si j'avais gravement blessé un Vikingr, ou si je l'avais déshonoré d'une manière ou d'une autre, il demanderait réparation, que j'aie été sain d'esprit ou non.

Je resserrai encore Laurel dans mon étreinte. J'adorais comme ses courbes épousaient parfaitement mon corps. Nous étions faits l'un pour l'autre. Les Dieux avaient bien choisi.

— Et maintenant ? marmonna ma compagne, à moitié endormie.

— Maintenant, on va dormir. Ensuite, on prendra un bain. Puis...

— Non, je ne parle pas de ça. Je parle de notre avenir. Est-ce qu'on est officiellement unis maintenant ? Est-ce qu'il va y avoir une cérémonie ? Est-ce qu'on doit s'inscrire sur un registre ? Qu'est-ce que je vais dire à mes parents ? Où est-ce qu'on va vivre ? Qu'est...

Je titillai légèrement son bouton de plaisir pour interrompre ses questions.

— Un jour à la fois. Mais pour répondre à ta première question, oui, on est unis. Tu peux me faire une tunique maintenant.

— Quoi ?

— Selon une ancienne coutume vikingr, une femelle peut offrir une tunique à son compagnon. Avant ça, il ne porte que son armure ou reste torse nu.

— Et si je ne veux pas que tu portes de tunique ? La vue me plaît bien.

Laurel rit malicieusement.

— Alors je continuerai à me balader torse nu. Comme les Péritennes ne connaissent pas cette tradition, elles ne croiront pas que je suis célibataire.

— Parfait. Et si une Vikingr débarque, tu n'auras qu'à lui dire que tu es déjà pris. C'est comme ça qu'on fait sur Terre.

— Holly a une bague. Elle s'est mariée avec Errik et a reçu une bague. Il en porte une, lui aussi. À la main qui tient sa hache.

— Tu veux une bague ?

Je hochai vigoureusement la tête.

— Oui.

— Alors tu auras une bague. J'imagine que c'est nouveau pour tout le monde, tout ça. On peut inventer nos propres règles.

Ma compagne était si intelligente.

Le capitaine Njal et Steff nous avaient invités à partager le repas avec eux, mais l'idée que tout autre mâle soit proche de ma compagne me mettait dans une colère indescriptible, alors nous mangeâmes dans cette cabine. Ce n'était pas ma chambre, et mon immense lit me manquait. Celui-ci n'était pas assez grand pour que je puisse culbuter Laurel de toutes les façons que j'avais imaginées. Mais il était assez grand pour que nous puissions nous asseoir en tailleur face à face, avec la nourriture entre nous.

Quand nous eûmes terminé – Laurel mangeait beaucoup moins que moi, mais elle m'affirmait que c'était une portion normale pour les standards péritens – elle posa son assiette et me regarda avec un air sombre.

— Je pense qu'il faut qu'on parle, dit-elle.

— De quoi ?

— Peut-être que je devrais attendre que tu aies fini de manger.

J'avalai, bus quelques gorgées d'hydromel, puis je hochai la tête.

— Voilà, j'ai fini.

Laurel se mordilla la lèvre inférieure. Ses dents étaient étrangement beiges, presque blanches. Ses cheveux étaient peut-être de la même couleur que les miens, mais pas ses dents.

— Je crois que je te dois une explication. La raison pour laquelle je suis partie. Pourquoi j'ai failli te laisser mourir.

— C'était le fýst, pas toi, dis-je d'un ton apaisant, même si j'étais intrigué.

De tout ce que je pensais savoir, je ne savais pas ce qui était réel et ce qui n'était que des fragments issus de mes rêves délirants.

— Non, c'était de ma faute. Enfin, je ne savais pas que ce serait aussi grave pour toi. Je ne pensais pas que tu pouvais vraiment en mourir. J'ai cru que Njal exagérait pour m'inciter à rester. Mais je savais que ça ne serait pas agréable pour toi. Que tu étais plus affecté par ce lien des âmes sœurs que moi à l'époque. Ou du moins, plus que ce que je voulais bien admettre. J'ai ignoré les signes. Je me suis persuadée que c'était à cause de mes hormones, de choses futiles, que ça n'avait rien à voir avec toi.

— Pourquoi tu es partie ? demandai-je d'une voix douce.

— Parce que j'étais en quête d'une histoire. Je ne me suis pas inscrite à l'agence de rencontres pour trouver un partenaire. Tu sais ce qu'est un journaliste ?

Je hochai la tête.

— Si le traducteur ne se trompe pas, c'est quelqu'un qui rapporte les nouvelles.

— Oui. C'est ce que je fais. Enfin, c'était mon travail. Je me spécialisais dans... Putain, c'est si difficile d'en parler au passé. On m'a virée la semaine dernière, alors j'ai encore du mal à m'habituer au fait que je ne suis plus journaliste.

Elle fronça les sourcils, presque pour elle-même, puis continua :

— Bref, on m'avait dit que des femmes avaient disparu. Le seul point commun qu'elles avaient toutes, c'était qu'elles s'étaient inscrites à l'agence de rencontres Hot Tatties. Alors j'ai créé une fausse identité et j'ai fait mine d'être une banquière à la recherche d'un mari sexy. C'est pour ça que je portais une perruque au début.

Il me fallut un moment pour assimiler toutes ces informations. Une fausse identité ?

— Ça veut dire que tu ne t'appelles pas Laurel ?

— En fait, si. J'ai juste changé mon nom de famille, remplacé Woodstock par Knight. Woodstock est trop mémorable. Pour les humains, du moins. J'imagine que ça ne t'évoque rien du tout.

— Laurel Woodstock. J'aime bien.

— Tu as intérêt. Ce n'est pas comme si tu avais le choix. Attends, est-ce que les femmes vikingar prennent le nom de famille de leur mari ?

— Non, notre nom de famille est celui de nos pères. Je suis Rune le Colérique, fils de Gnutt le Faiseur de cicatrices.

— Le Colérique ?

Je ris.

— C'est une blague. Quand on termine notre formation de guerrier, chacun se voit attribuer un titre. Comme j'étais le seul berserkr de ma promotion, j'étais vu comme plus colérique que les autres Vikingar. Ils s'attendaient toujours à ce que je pète un plomb contre eux, mais j'étais celui qui se contrôlait le mieux. Je restais calme, même quand ils versaient de la sève irritante dans mes bottes.

Je souris à ce souvenir. C'était une belle époque. Mon premier voyage dans l'espace, au cours duquel j'avais fait mes premières armes sur un vaisseau de guerre. Mon premier raid. Quand ma planète avait été détruite, je m'étais dit que c'était la fin de toutes ces premières fois. Maintenant que j'avais trouvé Laurel, tout avait changé. Nous avions déjà échangé notre premier baiser, nous nous étions accouplés pour la première fois. Notre premier repas ensemble. Notre première nuit dans le même lit. Tant de premières fois restaient à venir.

— Bref, poursuivit Laurel, je voulais savoir ce qui était arrivé à ces femmes disparues. Une fois à bord du vaisseau, j'ai compris qu'elles n'avaient pas vraiment disparu. Elles étaient ici, avec leurs compagnons extraterrestres. J'aurais dû m'arrêter là. Mais je flairais une nouvelle histoire, celle qui prouverait que les extraterrestres existent. Sur Terre, la plupart des gens ne croient pas à votre existence. Je pensais que ça ferait avancer ma carrière, que ça me rendrait célèbre. Mais quand j'ai compris que je ne pouvais pas le prouver, tout s'est écroulé. J'ai été licenciée. Et surtout, tu me manquais. Je ne sais pas comment c'est possible en t'ayant fréquenté si peu de temps, mais tu me manquais. J'étais dans un piteux état sans toi. Ça m'a juste pris un temps fou pour surmonter mes peurs et me l'avouer à moi-même. Je suis désolée d'avoir mis autant de temps. Désolée de ne pas être restée. Désolée d'avoir...

Je posai un doigt sur ses lèvres pour la faire taire.

— Je comprends. Parfois, en pleine bataille, on oublie de réfléchir. On est tellement absorbé par la soif de sang, on charcute et on entaille de façon si répétitive qu'on oublie que chaque bataille est différente. Parfois, il faut changer de stratégie et d'état d'esprit.

— Tu viens vraiment de comparer le journalisme à une bataille sanglante ?

Laurel rit, mais elle n'était toujours pas aussi heureuse qu'elle l'avait été auparavant.

— Je dis que tu avais d'autres priorités quand on s'est rencontrés. Tu n'avais pas prévu de rencontrer ton âme sœur. Mais moi, si. J'étais obsédé par toi, trop peut-être. Ça a déclenché le fýst

prématurément, avant même que je te rencontre en personne.
J'imagine que j'ai été trop vite, et toi trop lentement. Maintenant,
on se retrouve à mi-chemin. Qu'est-ce que tu veux faire
maintenant ? Tu veux continuer à travailler comme journaliste ?
Tu veux apprendre à piller des vaisseaux spatiaux ? Je peux
t'apprendre à te battre.

— J'ai le choix ? À l'agence, Pam m'a fait comprendre que ce n'était
pas le cas.

J'allais avoir une discussion musclée avec Pam.

— Bien sûr que tu as le choix ! Je ne voudrais pas que ma
compagne s'ennuie. Tu peux écrire, tu peux te battre, tu peux faire
tout ce que tu veux. Je suis sûr que beaucoup de médias
intergalactiques adoreraient avoir une correspondante péritenne.
Si tu ne veux pas travailler, c'est aussi possible. J'ai assez d'argent
pour que nous vivions de façon permanente sur une planète
touristique. Mais une fois qu'on aura des enfants, il faudra qu'on
déménage dans un endroit plus approprié. Peut-être sur notre
propre vaisseau, si tu ne veux pas être avec les autres Vikingar et
leurs compagnes. On pourra voyager dans toute la galaxie.

Je m'interrompis pour respirer. Ça faisait beaucoup de mots. Je ne
parlais pas autant d'habitude.

— Tout ce que tu veux, *sæta*.

Elle me regarda avec de grands yeux.

— Je vais devoir y réfléchir. Ça fait si longtemps que je n'envisage
pas d'autre chemin de vie que je ne veux rien décider sans prendre
un peu de répit.

— Prends tout le temps et l'espace qu'il te faudra. Tant que j'y suis
avec toi.

Laurel rit.

— Tu prends beaucoup d'espace. Tu es immense, tu en as conscience ?

Je bandai les muscles.

— Seulement parce que tu es toute petite. Je pense que ça va me plaire de t'apprendre à te battre. On commencera en douceur, avec du combat à mains nues uniquement. Les haches, ce sera pour plus tard. Peut-être qu'une épée te conviendra mieux. Et des boucliers. Je pourrais même te montrer les secrets des berserkir. Et à la fin, je te donnerai ton titre.

— Laurel la Maladroite ?

— Non. Laurel l'Invincible. Laurel la Sanguinaire. Laurel la Magnifique. On te trouvera quelque chose de bien.

— Ça me plairait beaucoup.

Elle me sourit. Ce sourire réchauffait tout mon être. J'aurais pu la regarder sourire toute la journée.

Nous bûmes encore un peu d'hydromel en silence. J'appréciais de pouvoir être expansif ou silencieux en sa présence. Avec elle, je n'avais pas l'impression de devoir dire quelque chose juste pour combler le silence. Après avoir vidé ma corne à boire, j'attirai Laurel sur mes genoux. Elle s'appuya contre moi, en me souriant. Je me mis à bander en sentant ses fesses nues contre mon sexe. Elle ne s'était pas rhabillée après notre accouplement, et j'étais déjà nu. Ça ne semblait pas la déranger, ce dont je me réjouissais. Elle était magnifique. J'avais encore tant de choses à découvrir de son corps.

Ça semblait si naturel. L'espace d'un instant, je me demandai si je rêvais encore.

Mais non, c'était bien réel. Laurel était là avec moi, pour toujours. Et ensemble, nous ferions de nos rêves une réalité.

Et c'est ici que nous les laissons prendre du bon temps ensemble ! J'espère sincèrement que vous avez apprécié Berserkr. *Si c'était votre première rencontre avec* **Les Vikings du Starlight**, *commencez la série avec* Vikingr, *et découvrez comment Njal et Steff se sont rencontrés.*

Vous voulez savoir comment l'agence Hot Tatties s'est mise à faire l'entremetteuse entre humains et extraterrestres ? Lisez la série **Les Highlanders du Starlight** *pour tout savoir, en commençant par* Thorrn.

Comme toujours, abonnez-vous à ma newsletter pour recevoir les dernières nouvelles ainsi que des photos de chats trop mignons : https://skyemackinnon.com/francais

L'AGENCE DE RENCONTRES INTERGALACTIQUES

Vous cherchez un amour hors du commun, et même venu d'un autre monde ? Ces extraterrestres forts, intelligents et sexy sont partis de la Voie lactée pour trouver des compagnes. Embarquez simplement avec votre antenne locale de l'Agence de rencontres intergalactiques ! Rejoignez un équipage de merveilleux auteurs de romances SF pendant que nous explorons les cieux accueillants et au-delà. avec des trilogies de désir cosmique, d'aventure astrale et d'amants mystiques. Avertissement : des enlèvements seront peut-être (ou pas) au rendez-vous !

Venez vivre plus d'action avec des aliens bien foutus par ici :

https://romancingthealien.com/

À PROPOS DE L'AUTEURE

Skye MacKinnon est auteure de best-sellers. Ses livres racontent l'histoire d'héroïnes qui n'ont pas d'autre choix que de s'impliquer.

Elle revendique avec fierté son héritage écossais, utilisant les fantastiques décors de son pays et une pointe de mythologie, que ce soit pour parler de dieux celtes, de chats métamorphes ou des rues d'Édimbourg.

Lorsqu'elle ne se trouve pas dans son café préféré pour écrire ses livres, Skye adore la mangue séchée, ainsi que les thés exotiques, dont elle a rempli son placard jusqu'à ce qu'il n'en rentre plus aucun sachet. Ce qu'elle aime par-dessus tout, c'est être recouverte des poils de son chat démoniaque.

skyemackinnon.com/francais

Newsletter :
skyemackinnon.com/newsletter-francais

Les Assassins à moustaches : tomes 5 à 7

Fille de l'hiver

La Princess de l'hiver

L'Héritière de l'hiver

La Reine de l'hiver

La Déesse de l'Hiver

www.ingramcontent.com/pod-product-compliance
Lightning Source LLC
Chambersburg PA
CBHW051706180726
48283CB00004B/1229

* 9 7 8 1 9 1 7 5 8 5 1 1 8 *